KB123029

아무도 내 인생을 대신 살아줄 수 없다

.

아무도
내 인생을
대신

살아줄 수
없다

초판 1쇄 인쇄_ 2024년 6월 20일 | 초판 1쇄 발행_ 2024년 6월 25일
지은이_김태균 | 펴낸이_오광수 외 1인 | 펴낸곳_새론북스
디자인_윤영화
주소_서울시 용산구 한강대로 76길 11-12 5층 501호
전화_02)3275-1339 | 팩스_02)3275-1340 | 출판등록_제2016-000037호
E-mail_ jinsungok@empas.com
ISBN_978-89-93536-71-3 03810

아무도
내 인생을

대신
살아줄 수
없다

하루에 10분만 나에게 투자하라

한 번뿐인 인생을 어떻게 살아야 할까?

김태균 지음

새론북스

현대를 살아가는 삶의 지혜

사람마다 인생을 살아가는 모습은 다 제각각이다. 하는 일도, 속해 있는 조직 사회나 환경도 서로 다르다. 한 어머니로부터 동시에 태어난 쌍둥이마저도 서로 다른 삶을 살아가듯이 삶을 살아가는 모습은 모두가 제각각이지만 한 가지 공통된 분모가 있다. 그것은 다름 아닌 인생을 살아가는데 가장 필요한 것은 삶의 지혜라는 것이다.

지혜는 꾀가 아닌 현명한 선택이고 방향이다. 지혜는 학교에서 교과서로 공부하여 배워지는 것이 아니다. 인생을 먼저 산 선배들로부터 보고 배우거나 현인들이 전하는 책 속에서 얻을 수가 있다. 다만 요즘처럼 출판물이 넘쳐나는 시대에는 내 입맛에 맞는 책을 찾는 것도 쉬운 일이 아니다.

그동안 수많은 사람들을 만나고 수많은 사례들을 접했다. 그 속에서 우리 삶에 벤치마킹할 수 있는 다양한 삶의 지혜들을 만날 수 있었다.

삶의 지혜란 수학 공식처럼 그리 어려운 것도 아니지만 그렇다고 누구나 다 알고 있는 것은 아니다. 더 중요한 것은 설령 알고 있다 할지라도 이를 실행으로 옮기지 않으면 무용지물이라는 것이다. 이 책에서 나는 현명하게 인생을 살아가는 많은 사람들의 실천하는 모습과 그들이 강조한 인생 철학을 접목시켜 삶의 지혜란 과연 무엇인지 쉽게 풀어놓고자 했다.

고난과 고통 속에서, 갈등과 번민 속에서 진퇴양난의 입장에 처한 사람이 아닐지라도 삶의 지혜란 한 번쯤 되새겨보아도 좋은 일이 아닐까 싶다. 또 동시대를 함께 살아가는 많은 독자들에게 청량음료 같은 톡 쏘는 삶의 자극제가 되어 준다면 진정으로 지혜를 함께 나누는 일이라는 생각을 가져본다.

사람마다 인생을 살아가는 모습이 다르듯이 어느 누구도 내 인생을 대신 살아주지 않는다. 인생을 살아가다 보면 매순간이 선택의 순간임을 느끼게 된다. 어느 길로 가야 할지 어떤 선택을 해야 할지 생각하고 또 생각해서 내린 결정이 반드시 좋은 결과를 가져온다는 보장도 없다.

수많은 선배, 현인들의 삶의 지혜를 통해 나의 인생 멘토를 만든다면 앞으로의 나의 선택은 내 안에서 길을 찾게 될 것이고, 어떤 고난과 역경이 눈앞에 닥치더라도 단단한 마음으로 헤쳐나갈 것이다.

Contents

◆

chapter 1
나만의 마인드 정립은 어떻게 할까?

chapter 2
도전의 화살을 무엇으로 쏠 것인가?

chapter 3
어떤 특별한 리더가 될 것인가?

chapter 1

나만의
마인드 정립은
어떻게 할까?

자기 자신을 모르고 자기 자신을 다스리지 못하며 자신을 위하지
않는 사람은 성공으로부터 멀어져 가는 사람이다.
자기 성찰을 통해 반성하고 자신을 알아야 하며 화를 다스리고
건강을 챙김으로써 새로운 도전과 준비를 할 수 있는 것이다.
우물 안의 개구리로 사는 것은 우리에게 주어진 삶을 무의미하게
허비하는 일이다. 마음을 다듬고 자신감을 만들어 당당하게 세상
밖으로 나가라.
열정과 목표가 있다면 무엇이든 해낼 수 있을 것이다.

자신있고
당당해라

"우리의 인생은 깁니다. (중간 생략) 반면 좀비들의 생명은 짧습니다. 소신과 의리를 헌신짝처럼 버리고 부스러기라도 던져 주면 감읍하는 좀비들은 일시적으로 득세하는 것처럼 보이지만 머지않아 사멸합니다. (중간 생략) 또 설령 살아 있는 것처럼 보일지라도 결코 살아 있는 것이 아닙니다. 주체성이나 원칙과 정도 같은 철학과 영혼 없이 그저 교주의 지령에 따라 움직이는 것은 살아 있다고 할 수 없기 때문입니다."

2009년 10월 한국거래소 이정환 이사장이 남긴 고

별사 중 일부다. 지식인층이 아닐지라도 한글을 아는 사람이라면 그의 고별사를 읽는 순간 '그래 맞아', '바로 이거야', '한 번 왔다가는 인생 이렇게 살아야지'라는 생각을 갖지 않을 수 없을 것이다. 우리 시대에 우리 사회에 그야말로 일침을 가하는 충고이자 명언이 아닐 수 없다. 출세하기 위해서, 밥그릇 지켜주는 자리 보전을 위해서 수없이 많은 사람들이 '1'을 '1'이라 말하지 못하고 흙탕물을 흙탕물이라 말 못하지 않는가? 신문, 방송, 인터넷 등 말할 수 있는 창구는 많지만 할 말 제대로 하고 사는 사람들은 그리 많지 않다.

이정환 이사장은 고별사에서 또 존 F. 케네디 '용감한 미국인상(Profiles in Courage)'을 수상한 브룩슬리 본(Brooksley Born) 여사와 인기리에 방영된 만화영화 '작은 영웅 데스페로(The Tale of Despereaux)' 이야기를 비겁하지 않고 용감한 사례로 꼽았다.

실제로 브룩슬리 본 여사는 1996년부터 1999년까지 미국상품선물위원회(CFTC) 의장으로 활동하면서 장외파생상품(OTC derivative)의 위험성을 수없이 경고하고 또한 정책 건의도 했던 인물이다. 하지만 정부 관계자들과 은행들은 한결같이 본 여사의 경고를 외면했고, 주의를 기울이지 않았다는 후문이다. 미국발 경제위기가 터져나온 후에야 그녀의 소신과 주장이 주목받았으니 말이다.

그런가 하면 동화를 영화화한 작은 생쥐 기사 데스페로의 이야기도 이 시대 사람들에게 전해 주는 메시지가 강하다. 겁 많고 두려움에 떨고 있는 생쥐 세상에서 데스페로는 용기를 가지고 모험을 감행했다. 고양이를 애완동물 정도로 여기고, 쥐덫을 놀이터로 삼으며, 책을 갉아먹는 대신 독서를 즐겼다. 모든 생쥐들에게 용감함, 기사도 정신을 전해 주었다. 사실 이는 아름다운 교훈을 인간들에게 가르쳐 준 사례였다.

아부하지 않아도 하루 세 끼 밥 먹고 사는 데 지장이 없다. 올바른 소리 한다고 해서 퇴출을 당할 수는 있어도 영원히 추방당하는 일은 없다. 무엇이 두려운가? 특히 젊은층일수록 명심하지 않으면 안 될 것이 비겁하게 불의나 비리에 타협하지 않고 자신있게 당당하게 사는 것이다.

전 직원이 70명인 어느 중소기업에서 사장이 과장 이상급 간부 15명을 모아놓고 말했다. 지금 회사는 경제적으로 위기에 처해 있으며 쉽게 해결되지 않을 것 같아서 간부 중 30%, 평직원 중 20%는 정리를 해야 하는 입장이니 자신이 꼭 필요하다고 생각하는 사람이 아니라면 사표를 제출해달라고 했다. 하지만 일주일이 지난 후 사표를 제출한 사람은 단 한 사람이었고 그는 영업 실적이 가장 뛰어난 영업부 과장이었다. 사장은 놀라서 그를 불러 사표를 제출한 이유를 물었을 때 과장은 이렇게 말했다.

"한 가지는 어려울 때일수록 문제점을 해결하고 대책을 찾아보려는 노력보다는 인원 감축을 제시한 사장님과 전무님의 생각에 실망했고, 또 다른 한 가지는 능력 없는 사람들이 반성도 하지 않고 노력도 하지 않는 지금 상황에서는 다 같이 죽는 것보다는 차라리 다른 직장에 가서라도 제 역량을 발휘하는 것이 현명한 생각이라고 판단했습니다."

조직 내에서, 사회 내에서 어떤 사람으로 남을 것인가는 스스로 선택할 과제다.

비겁하게 움츠리며 아부하는 인생을 살든, 용기있는 말과 실천을 보여주며 살든 각자의 몫인 것이다. 어떤 선택을 하든 그들이 살아가는 동안 그 속살이 일일이 공개되지 않는 한 크게 다를 것이 없을지도 모른다. 하지만 중요한 것은 조직을 떠난 후에, 세상을 영원히 떠난 후에 누가 비겁하지 않은 당당한 삶을 살았는지에 대해 밝혀질 것이다.

> 용기 없이는 어떠한 진보도 이루어지지 않는다.
> – 존 F. 케네디

열정의 온도를
높여라

사람의 정상 체온은 36.5도이고, 물은 온도가 100도가 되면 끓는다. 조리 시 튀김을 만들 수 있는 기름의 온도는 160~180도. 튀김 재료를 끓는 기름에 넣었을 때 바닥에 닿았다 올라오면 160도이고, 표면에서 바로 튀어오르면 180도 이상이다. 또 정제한 올리브유가 타기 시작하는 온도는 170~190도다. 그렇다면 성공을 위한 인생의 열정은 과연 몇 도가 되어야만 될까?

일본의 기업 '교세라'는 연 매출 50조 원(2015년 기준)의 세계적 그룹이다. 1959년 창업한 이 회사는 원료부터 완제품까지, 고객의 요구 조건에 맞춘 제품을 만들어낼 수 있는 기술력으로 창업 후 10년도 안 돼 미국 시장에 진출하는 등 일본 전자산업 부흥의 숨은 역군이 된 것으로 알려진다. 교세라는 자신들의 성공 비법을 기술력이라고 말하지 않는다. 부품까지 진실한 마음으로 만드는 직원들의 마음가짐을 자신들의 가장 큰 경쟁력으로 꼽는다. '마음 중심의 경영 철학'을 중시하는 이 회사는 능력은 뛰어나지만 열정이 부족한 직원보다는 능력이 조금 부족하더라도 열정이 높은 직원을 선호한다. 열정이 높으면 더 큰 성과를 낸다고 믿기 때문이다.

사람들은 열정적인 삶을 살아야 한다고 입버릇처럼 말하면서도 '내 인생은 생각처럼 열정적이지 못했다'고 말하는 이들이 부지기수다. 그럼에도 불구하고 수많은 사람들이 열정적으로 살다갔다. 열정적으로 살았기 때문에 성공한 이들도 많고 죽은 후 '열정적인 인생을 살다간 사람'으로 평가받는 이들도 있다.

영화 '사랑과 영혼'의 스타 패트릭 스웨이지가 57세의 나이로 죽자 캘리포니아 주지사인 아놀드 슈왈제네

거는 자신이 스웨이지의 팬이었다고 밝히면서 "패트릭 스웨이지는 재능 있고 열정이 넘치는 예술인이었다."고 말했다.

열정 하면 빼놓을 수 없는 세계적인 여배우가 있다. 경제적 궁핍을 이유로 태어나자마자 12일 만에 다른 집에 입양되었던 마릴린 먼로다. 부모로부터 버림받은 그녀였다. 하지만 먼로는 배우가 된 후 당대 유명한 연기 코치들로부터 연기술을 배우고 타고난 감성과 지적 열정으로 자기 혁신을 끊임없이 시도했다. 영화 평론가들 중에는 그녀에게는 그 누구보다도 뜨거운 열정이 있었다고 하는 이들이 적지 않다. 일례로 먼로는 6·25전쟁 당시 일본으로 신혼여행을 떠났다가 전쟁에 참전한 미군들을 위한 위문공연을 위해 신혼 첫날밤도 치르지 않고 곧장 한국으로 달려와 영하의 기온에서 노래하고 춤을 추었다. 당시 그 모습은 전 세계 잡지와 신문을 통해 전 세계인들에게 알려졌다. 마릴린 먼로를 단지 섹스심벌로만 기억하는 이들이 많지만 그녀의 삶에 열정이 없었다면 이런 일화가 남아 있을까.

기업은 열정적으로 사업을 일구는 CEO와 직원이 필요하며, 예술계는 자기 일에 미친 듯이 빠져서 열정을 불사르는 예술인의 탄생을 원한다. 어느 분야든 어떤 일에서든 열정이 없이 좋은 결과를 얻은 이들은 극히 드물다. 열정은 몰입을 낳는다. 사랑도 일도 열정이 불타는 순간만큼은 그 어떤 것도 열정을 불사르는 이의 관심을 다른 쪽으로 유혹하지 못한다. 성공하는 이들의 열정은 100도 아닌 1000도가 넘을지도 모른다. 자신의 육체와 정신 모든 것을 하나에 집중시키는 열정, 그것은 반드시 '성공'이라는 두 글자를 불러올 것이다.

어떻게 할 것인가? '나는 열정이 부족해'라고 자포자기할 것인가? 아니면 '오늘보다 더 열정적인 내일을 살겠다'고 마음을 다잡을 것인가?

편협된 사고는
버려라

    한 인재 양성 전문가는 칼럼을 통해 현시대 우리 사회를 볼 때 편협한 틀에서 벗어나지 못하고, 종합적인 사고를 가진 인재가 부족하다는 것이 안타깝다고 했다. A학점 만들고, 토익 점수 높이기에 여념이 없다 보니 다른 분야에 대해서는 문외한이거나 관심조차 갖지 않는 젊은이들이 늘어나고 있다는 것이다.

    프랑스의 의과대학 학생들의 수강 과목을 보면 의사는 인간의 육체를 다루는 신성한 직업인 만큼 의학 못지않게 도덕성을 강화시키는 커리큘럼을 강조한다고 한다. 일례로 1학년 수업에서 가장 큰 비중을 차지하는 과목은 생물학이나 해부학 또는 생리학이 아닌 철학·의학윤리·의학역사·심리학 등의 인문사회과학인 것이다. 2학년부터 조금씩 그 비중을 줄여 나가긴 하지만 의학이 암기식의 단순과학이 아니라는 것을 교육시키려는 정책인 셈이다. 법조인을 키우는 미국의 로스쿨에서도 법학보다는 사회학이나 인류학 등 인문학 전공자들을 더 선호한다고 한다. 교양과 덕목을 고루 갖춘 균형적인 사고를 지닌 법조인을 양성코자 하기 때문이다.

편협적인 사고가 강하면 독단적 사고와 판단으로 이어진다. 더 심해지면 정신적 유연성이 부족하고 분별력이 떨어지며 타인의 사고나 아이디어를 존중하지 않는다. 이는 결국 창의적 사고를 가로막는 장애물이 된다. 아니 때로는 자신의 성공을 가로막는 최대의 훼방꾼이 된다.

80년대 강력한 카리스마를 무기로 기업을 이끌어서 기업을 일군 사장이 있었다. 사업 초기 5년 동안은 자신의 의지와 열정을 불태우면서 자체 빌딩을 세우고 직원 수가 60여 명으로 늘어나는 성과를 거두었다. 문제는 그 다음부터였다. 세상은 급변하고 있는데 사장은 자신의 직장생활에서 쌓은 경험과 창업 후 다져온 노하우만이 가장 좋은 방법이라고 여기는 독단적인 경영 추진에만 몰두했다. 세상은 온라인으로 가는데 오프라인에서만 머물던 그는 결국 후발업체들에게 밀려나기 시작했다. 그런데도 불구하고 새로운 아이디어의 접목과 변화 추구가 급선무라는 간부들의 공통된 의견을 무시했다. 결국은 매출 저하와 신제품 개발 실패로 회사는 산산조각이 났다. '내 생각만이 최고다', '나보다 나이 어리고 경험 부족한 사람들 얘기는 귀담아들을 필요가 없다'는 것을 고집하던 그의 편협적인 사고가 결국은 회사와 자신의 인생을 실패의 구렁텅이로 밀어낸 것이다.

당신이 CEO라면 어떻게 기업을 이끌 것인가?

재미있고 쉬운 방법으로 제안 활동에 참여해 업무 개선 및 혁신을 이끌어낸 W사의 혁신사례를 주목해 볼 필요가 있다. 경영진이 편협된 사고를 버리고 전직원의 목소리에 귀 기울이고 그에 대한 대가를 지불해 준다. 예전에 한 기업에서 시행했던 아이디어를 보자. 직원들이 제안을 제출할 때마다 포인트로 마리당 100원인 새우를 지급하며 이 새우 만 마리가 모이면 100만원인 돌고래를 지급한다. 새우 마리 수에 따라 선원-갑판장-선장 등 차별화된 등급이 매겨지고, 매월 상상왕을 선정해 명패와 함께 상상의자로 명명되는 고급 의자를 수여한다. 그러다 보니 하루 평균 100개 정도의 아이디어가 쌓일 정도다. 이는 다른 기업들처럼 직원들에게 창의력은 구하되 방법론에서 직원들이 부담을 갖지 않고 재미있고 즐겁게 참여할 수 있는 쪽으로 유도했기 때문이다.

　기업은 인재를 원하고 인재는 자신의 성공을 꿈꾼다. 어떤 사람일까? 많은 기업들이 추구하는 준비된 인재는 지식과 경험에 있어 풍부함은 물론이고 다양성과 유연성, 그리고 창의성을 지닌 인재다. 직업을 선택하고 유지할 때 자신이 잘 할 수 있는 한 가지를 선택하고 집중하는 장인정신은 매우 바람직한 자세다. 다만 편협한 사고로부터 해방되어 있어야 하며 전인교육을 제대로 받은 인간중심형 사람이 되어야 한다.

자만에 빠져들지
말아라

10대의 어린 나이에도 스타가 되는 연예인들이 많아지고 있다. 게다가 데뷔한 지 불과 1~2년 밖에 안 된 앳된 배우나 가수가 종종 드라마 영화 주인공으로, 광고모델 인기 1순위로 떠오른다. 하지만 그를 영원한 히로인으로 보는 사람은 매우 드물다. 오히려 언제 추락할지 모른다는 우려의 소리가 여기저기서 나오기 마련이다. 이런 현상은 '반짝스타'가 수없이 등장하고 또 사라지는 연예계의 단면으로 어제 오늘의 얘기만은 아니다. 요즘 시대는 떴다가 지는 별이 비단 연예계에만 나타나는 현상은 아니다. 창업한 지 수십 년이 넘어서 탄탄할 거라고 생각되는 기업들도 마찬가지다. 위기는 언제든지 찾아오고 자기 관리를 제대로 못하면 언제 추락할지 모른다.

세계 시장을 석권하던 미국의 자동차 회사들이 그 단적인 예다. 2008년 금융위기로 시작된 미국 빅3 자동차 회사들인 GM, 크라이슬러, 포드는 2009년 들어 정부의 지원과 관심 속에서도 여전히 추락의 길을 멈추지 못했다. 2008년 2009년 매출 하락이 계속된 미국 자동차 빅3는 위기를 거치면서 브랜드 가치가 크게 하락한 것은 물론 반년 가까이를 허송세월하면서 기술 개발도 제대로 못했다는 평가를 받았다. 그 무렵 전문가들은 미국 자동차 업계의 체력은 극도로 허약해졌으며 향후 세계 자동차 업계의 지각변동이 불가피할 것으로 예상했다.

당시 미국 빅3 자동차사들의 침체 이유는 여러 가지로 분석됐다. 미국에서 팔리는 차종은 무려 250여 개에 달해 소비자들조차 고르기가 어렵다고 푸념할 정도로 시장경쟁이 격화되면서 자동차 회사들 사이에 차별성이 줄었다는 점도 문제 요인 중 하나로 꼽힌다. 하지만 이보다도 더 큰 문제는 미국 자동차 빅3의 방만한 경영이다. 이들 빅3로부터 등을 돌리는 분노한 소비자들의 숫자가 오래 전부터 한계 상황을 넘어섰다는 것이다. 이유는 자기만족에 취해 소비자 심리를 헤아리지 않은 제품들을 내놓았고, 소비자들은 하나둘씩 폴크스바겐 비틀과 혼다 시빅 같은 높은 품질과 저렴한 가격을 제공하는 경쟁사 쪽으로 넘어간 것이다.

지금은 어떨까? 시가 총액 5천억 달러를 넘나드는 전기자동차 업체인 테슬라가 자동차 시장의 중심에 서 있다. 세상은 끊임없이 변하고 있는 것이다. 자만하는 순간 나락으로 떨어질 수도 있다.

도요타는 금융위기에 따른 경기침체로 인해 미국의 빅3와 마찬가지로 2008년 어려움을 겪기도 했지만 1950년 위기를 겪은 이후로는 큰 위기에 빠진 적이 없었다. 비결은 간단하다. 현금 확보에 신경을 썼고, 기술개발에 지속적인 노력을 기울였으며, 군살빼기에도 적극적이었다. 그리고 언론에 죽는 소리(?)를 해왔다고 한다. 한마디로 자만하지 않는 태도 때문이라는 것이다.

기업이 대외조건 등 외부 여건이나 행운으로 인해서 비즈니스가 성공한 경우, 자신의 실제 능력이 그다지 나아지지 않았음에도 크게 높아졌다고 인식하는 경우가 많다. 이럴 경우 자만이 싹트게 되는 것이다. 잘 나가던 기업이 위험에 빠지게 되는 것은 자신들의 능력을 과대평가하고 소비자의 요구는 무시한 데서 나타나는 결과다.

'우리는 무엇이든 다 할 수 있다'라는 자만에 빠져서 지나치게 과감한 도약을 시도하다가 어려워진 실례로 모토로라(Motorola)가 자주 거론된다. 1985년 한 엔지니어의 아이디어로 전세계를 연결시킬 수 있는 위성 통신망인 이리듐(Iridium) 프로젝트를 시작하면서 대주주가 되어 법인을 설립하고 이후 10년간 엄청난 자금을 쏟아부었고, 결국 1998년 사업이 런칭되었을 때 서비스는 실패로 돌아갔다. 결국에는 20억 달러 이상의 손실을 기록하며 파산신청을 하게 되었고, 이 사업의 실패는 모토로라의 쇠퇴를 부추긴 셈이다. 자만이 싹트는 순간 쇠락의 길에 들어서게 된다는 것을 보여준다.

사람은 어떨까? 한 대기업의 해외영업부에서 능력을 인정받아 고속 승진을 한 결과 37세에 부장으로 승진한 사람이 있었다. 부장 3년차이던 해에 뉴욕에 지사가 생기게 되어 지사장 자리는 단연코 자기 자리가 될 줄로만 여겼다. 초등학교 다니는 자녀들을 데리고 온가족이 같이 떠날 수 있다는 기대감으로 부풀어 있었던 그에게 날벼락 같은 일이 일어났다. 현지에서 MBA과정을 밟은 후 외국계 기업에 근무하던 경력자에게 지사장 자리가 주어진 것이다. 회사측에서는 장기적인 비전을 볼 때 현지화를 위해서는 현지 인맥 네트워크를 갖춘 현지에서 장기간 생활하고 일했던 사람이 적임자라는 판단을 내린 것이다.

기업이든 개인이든 자만은 금물이다. 1등 뒤에는 그를 바짝 추격하는 2등, 3등이 있다. 현실에 만족하면서 자화자찬하며 자만하다 보면 자신이 밀려나고 있다는 사실을 모르게 된다. 자신이 가진 능력에 비해 더 큰 욕심을 가지거나 능력을 너무 과시하다 보면 무엇이든 다

할 수 있다는 태도가 생기고 그 누구도 자신을 따라올 자가 없다는 자만에 빠져들게 된다. 자만하지 않고 겸손한 태도는 기업이나 개인 모두에게 장기적인 성공으로 이어가는 기본이 된다.

자만하지 않고 지속적인 긴장감을 갖는 것, 그것만이 급변하는 글로벌 경제 사회 환경하에서 위기에 빠지지 않고 성공을 롱런시키는 유일한 방법이다.

최고가 되고자 하지만 최고가 아닌, 자만한 사람만큼 아첨에 잘 넘어가는 사람은 없다. – 바뤼흐 스피노자

상황 판단 능력,
실무에서 길러진다

스포츠 경기는 보는 이들마저도 수시로 손에 땀을 쥐게 할 만큼 긴장감이 팽팽하게 감돈다. 축구선수가 공을 몰면서 상대의 골문을 향해 질주하는 모습, 배구에서 상대편에게 넘긴 공이 다시 강 스파이크로 네트를 넘어 날아드는 순간, 피겨스케이터가 점프 후 돌면서 착취하는 순간 등등 그야말로 심장이 멈출 듯한 긴장의 소용돌이를 느끼게 된다. 하지만 이 순간 가장 절박하고 긴장된 사람은 경기를 하는 당사자들이다.

경기가 끝난 후 사람들은 흔히 말한다.

"상황 판단을 잘못한 거지."

"그 상황에서는 왼쪽으로 슈팅을 했어야지."

감독들은 경기를 읽는 능력이나 상황 판단이 뛰어난 선수를 칭찬한다. 이 두 가지 능력은 어느 스포츠에서 든지 경기를 승리로 이끌어가는 핵심 요인으로 작용하기 때문이다. 꼭 스포츠 경기에서만 상황 판단력이 중요할까?

기업을 이끄는 CEO는 물론이고 어떤 모임을 이끄는 회장도, 직장인이나 한 가정의 가장도 상황 판단 능력은 매우 중요하다. 우리는 시시각각 변화하는 시대에 살고 있으며 위기는 예고 없이 찾아온다. 그때마다 상황 판단을 잘 하여야만 그 위기에서 벗어날 수 있다. 평범한 직장인이라 할지라도 상황 판단력이 요구되는 일은 한두 가지가 아니다. 업무가 쌓여 있을 때 어떤 것을 먼저 처리하여야만 문제를 사전에 차단할 수 있을지, 생산 라인에서 일부 부품의 부족 현상이 나타날 경우 어떻게 대처해야만 공장 가동이 멈추는 현상을 막을 수 있을지를 판단하여 실행으로 옮겼을 경우 그 결과가 성공적이어야 한다.

그러니 기업이나 조직을 이끄는 리더 입장에서는 상황 판단 능력의 중요성은 더욱 클 수밖에 없다. 어느 한 순간 상황 판단을 잘 했는가 못했는가의 차이는 성공과 실패를 가르는 결정적인 이유가 되기 때문이다. 화학약품을 제조 판매하는 H기업의 경우 노동력이 싼 외국 현지에 제조공장을 설립한 후 현지에서 제품을 판매하면 수익이 클 것이라는 생각을 한 후 인도와 중국 두 시장을 놓고 저울질하다가 회사 사장은 막연히 국내 기업들이 다수 진출해 있고 조선족이 많은 중국 시장으로 결정을 했다. 중국을 수차례 다녀온 경험이 있는 터라 적어도 자신의 판단이 제대로 맞아떨어질 것이라는 생각에서였다. 하지만 막상 중국에서 생산을 하여 제품을 유통시킨 결과 중국 시장은 유사업체가 너무 많아서 판매가 저조했다. 하지만 이미 현지 회사 설립과 공장 설비에 쏟아부은 돈이 20억 원 이상이 소요되었으니 곧장 공장을 철수시킬 수도 없는 오도가도 못하는 상황이 된 것이다. H기업이 지사 설립 이전에 전문업체에 의뢰하거나 자체 인력을 활용하여 사전 현지 시장조사를 철저히 거친 후 중국 시장을 선택했다면 이러한 실패는 일어나지 않았을 것이다.

LG이노텍의 허영호 대표는 한 언론과의 인터뷰에서 자신의 뛰어난 상황 판단 능력과 관련하여 "실무를 아는 것, 현장을 아는 것은 책상에서 아는 것과는 차원이 다른 것"이라고 밝히면서 "발로 뛰고, 땀을 흘리고, 밤새워 일하고 배우는 것을 통해 상황 판단력을 자연스럽게 익히게 됐고 그러다 보니 기회도 많았다."고 말한 적이 있다. 이는 상황 판단력은 머리로만 해결되는 것이 아니라는 사실을 의미한다.

스포츠심리학자인 밥 로텔라 박사도, '성공적인 플레이어는 '골프가 완벽의 게임이 아니다'라는 것을 먼저 이해한 사람'이라고 정의했다. 자신이 연습한 대로 안 되는 것에 의아해하기보다는 '실전과 연습은 다르므로 어떤 일이 일어날지 모른다'라는 전제하에 다양한 상황에서의 연습을 통해 만일의 상황을 대비할 수 있어야 한다는 얘기다.

스포츠선수나 감독 또는 CEO 그 누구든 남보다 재치가 있고 지능지수가 높으면 그렇지 못한 사람에 비해 상황 판단 능력이 조금은 우위를 차지할 수도 있을 것이다. 하지만 뛰어난 상황 판단 능력을 확보하려면 이는 실전의 다양한 경험과 노력을 통해 쌓지 않으면 안 된다. 신이 아닌 이상 모든 상황에서 뛰어난 상황 판단력을 발휘할 수 없기 때문이다.

긴박한 상황일수록 사람들의 심리는 위축되어 평소였다면 제대로 상황을 판단했을 사람이 한순간 상황 판단 능력이 흐려져 좋지 않은 결과를 낳는 일도 종종 발생한다. 하물며 사전에 관련 분야의 경험이나 충분한 지식이 없는 사람이 자신의 머리나 재치만 믿고 상황을 판단한다면 100% 실패라는 결과를 초래할 수밖에 없다.

초심을
잃지 마라

10여 년 전, 한 취업포털사가 구직자들을 대상으로 '존경하는 CEO'에 관해 설문 조사한 결과 김영모 과자점 창업자인 김영모 대표가 10위를 차지했다.

김영모 대표는 '기능인은 좋은 제품을 만드는 게 목표여야 하며, 돈을 먼저 생각하는 건 망하는 길로 들어서는 것'이라고 말한다. 때론 손해 보더라도 좋은 제품을 만들어야 한다는 게 그가 지금까지 지켜오고 있는 초심이다. 한 번은 유통 기한이 3개월 남은 재료를 직원이 싼값에 사온 적이 있었다. 그 사실을 나중에 알고 전부 반품시켰다. 그 기간 내에 다 팔 수는 있겠지만 질이 떨어지기 때문이었다. 좋은 제품을 만들려면 '맛과 재료는 늘 한결 같아야 한다'는 분명한 철학이자 초심을 지켜낸 것이다.

"많은 사람들이 시간이 지날수록 처음 가졌던 생각을 잃어버리고 맙니다. 기업 혹은 기업인이 부패하는 것도 처음 기업을 만들 때의 생각, 초심을 잃기 때문입니다."

국내 벤처 1세대로 미래산업(주)을 창업하여 대표적인 성공 벤처로 이끌었던 정문술 전 미래산업 대표가 한 말이다. 어떤 일이든 시작할 때 처음 가졌던 마음과 자세를 잃지 않고 유지할 때 심지가 곧은 사람으로 평가받는다. 김영모 대표나 정문술 전 회장처럼 초심을 지키는 일은 그리 쉽지 않은 일이다.

법조인, 학자, 정치인, 기업인 모두가 첫발을 내디딜 때는 저마다 각오를 한다. 법조인은 법정신을 바탕으로 공정한 잣대로 판결을 내리겠다는 것, 정치인은 국가와 나라를 위하여 봉사하는 마음으로 일하겠다는 것, 기업인은 정당하게 번 돈으로 사회를 위해서도 좋은 일을 하겠다는 것을 각각 초심으로 삼는다. 그리고 학자는 학문에만 열중하면서 도덕성을 지키는 학자가 되겠노라고 다짐한다. 하지만 생각처럼 다짐처럼 그 초심은 지켜지지 않는 경우가 더 많다. 초심을 벗어났다 할지라도 사회적으로 지탄받을 만한 사건으로 대두되지 않는 한 당사자를 대놓고 욕하는 이들은 없으며 당사자 또한 괴로워하거나 의기소침해하지 않는다. 하지만 역사가 기록되는 한 언젠가는 옳고 그름이 낱낱이 알려지기 마련이다.

초심이 중요한 이유는 지키지 못했을 경우 사회적으로 매장되거나 비판의 대상이 된다는 것보다도 자신과의 약속을 스스로 저버렸다는 데 더 큰 의미가 부여되기 때문이다. 자기 자신을 속이는 사람이라면 남을 속이는 것은 시간 문제인 것이다.

유명인이나 지도계층의 인물이 아닐지라도 자신의 인생을 살아가는 동안 성인이 되고 철이 든 후에 새긴 초심을 그대로 유지하면서 실천하기란 어렵지만 그만한 가치가 있는 일이다.

가정에서는 건강한 사고를 지니고 올바른 삶을 사는 부모가 자녀들의 존경을 받으며, 직장에서는 청렴결백하며 최선을 다하는 모범적인 상사가 존경 받는다.

　　어떤 초심이든 지키고자 노력하라. 초심을 지키는 사람이 많을수록 우리 사회는 보다 건강하고 아름다운 사회가 된다. 기업은 깨끗한 이미지로 글로벌 무대에 설 수 있다. 국가 역시 마찬가지다. 비리 온상 공화국이 되는 것은 누구도 원치 않을 것이다.

> 험한 언덕을 오르기 위해 처음에는 천천히 걷는 것이 필요하다. - 윌리엄 셰익스피어

자연의 섭리에
순응하라

대자연이 지구온난화에 대한 경고를 계속 보내고 있다. 한겨울에도 대홍수가 발생하여 수많은 이재민들이 발생하고 얼어붙어야 할 눈은 물이 되어 흐르고, 북극의 빙산은 길을 잃고 둥둥 떠돌고 있다. 생물의 변이로 인해 이상한 물고기가 나타나고, 환경호르몬의 피해로 인해 남성의 정자수가 줄어들고 있다. 그간 아무 생각 없이 환경을 파괴해 온 인간에 대한 자연의 복수다.

중국과 미국은 지구온난화 주범인 이산화탄소 최대 배출국으로 상상을 초월한 엄청난 양의 이산화탄소를 매년 지구 상공으로 쏟아낸다. 프레온·메탄 등 중국에서 배출하는 모든 온실가스를 합치면 수백억 톤에 달하며, 그 다음은 미국이 많은 양을 차지한다. 세계 기상 전문가들은 중국에 폭설로 인한 비상사태가 발생했을 당시 수증기 증발량이 많아졌고, 이 수증기가 중국 북방의 차가운 기단을 만나 얼면서 폭설로 이어졌을 것으로 분석한다. 현재 전 세계적으로 인간의 자연환경 파괴는 극에 달했고 이 때문에 자연의 역공격은 거세질 것이라는 예측에 적지 않은 사람들이 의견을 같이한다.

그동안 인간은 지구상 모든 것을 지배하는 독재자의 모습에만 충실해 왔다. 맘껏 쓰고, 맘껏 먹고, 맘껏 버리면서 다른 동식물이 멸종하는 것에는 관심조차 없으며, 골프장을 만들기 위해 멀쩡한 나무와 숲을 밀어 붙이고 산을 깎아내리고 있다. 환경 전문가가 아니더라도 이같은 현 실태가 분명 잘못된 것이라는 사실을 아는 이들은 부지기수다. 하지만 어느 한 나라 어느 한 개인의 노력과 열정만으로는 해결이 되지 않는 일이니 참으로 안타까운 일이다.

자연환경의 파괴는 순전히 인간의 욕심에서 비롯되었다. 환경 파괴와 이로 인한 폐해는 지구온난화로 인해 나타나는 현상을 일일이 거론하지 않더라도 우리 개개인의 건강에서 먼저 확인할 수가 있다. 현대사회를 사는 우리는 각종 질병, 특히나 성인병에 시달리고 있다. 현대 문명의 이기로 인한 운동 부족이나 수면의 불균형, 영양 식사의 불균형 등은 비만, 만성 두통, 소화기 질환 등 각종 성인병의 원인이다.

이같은 상황에도 불구하고 여전히 문명의 이기 속에 파묻혀 자연의 섭리를 거역하고 환경을 무시하는 이들이 적지 않다. 오로지 자신의 욕심을 채우고 자신의 이익만을 추구하는 이들이다. 나이 팔십이 넘었어도 자신의 병만 고칠 수 있다면 남의 가슴에 붙은 심장이라도 떼어다 달고 싶어하는 그들이다. 육체의 병보다 마음의 병이 더 심각한 사람들이다.

태어나서 죽지 않는 사람은 아무도 없다. 조금 일찍 죽거나 너무 일찍 죽었을 뿐이지 누구나 태어나면 언젠가 죽는다. 이것이 자연의 섭리다. 온갖 권력과 부귀영화를 누렸던 그 누구도 죽음 앞에서는 예외가 없었다. 불로초를 구하려던 진시황제도 죽었고, 성경에 나사로는 죽었다가 살아났지만 결국은 죽었다.

'생즉사 사즉생(生卽死, 死卽生)'이라는 말이 있다. 살아 있는 것이 죽은 것이고, 죽은 것이 사는 것이라 하지 않았던가. 오면 오고 가면 가고, 좋으면 좋고 나쁘면 나쁜 것이지, 굳이 욕심 가득한 인간의 잣대로 세상을 재려 하니까 늘 문제가 생기는 것이다.

현시대는 물론이고 다가오는 미래는 개인, 기업, 나라 모두가 환경보호의 파수꾼이 되고 자연의 섭리에 순응하는 자세가 필요한 시기다. 환경을 무시한 정책을 펴는 국가는 따돌림 당하고 '자연재해'라는 자연의 공격으로부터 자유롭지 못할 것이다. 기업 또한 마찬가지다. 환경을 무시하고서는 더 이상 기업의 운영이 불가능한 시대가 다가오고 있다. 기업의 이익을 위해 마음대로 자연을 훼손시켜가는 일은 소비자들과 자연의 심판을 받을 수밖에 없다.

그렇다면 개인은 어떨까? 권력가든, 재벌이든 자연

을 무시하고 벗어난 삶은 질병과 고통을 안게 될 것이다. 건강하게 평화롭게 우주 만물과의 공생을 추구하려 한다면 자연의 섭리를 따르고 환경보호를 실천하는 길밖엔 없다. 선택은 각자 우리들 자신에게 달려 있다.

인간에게 가을은 수확의 시간, 함께 모이는 시간이다. 자연에게는 가을은 씨를 뿌리고 외부로 흩어지는 시간이다.
– 에드윈 웨이 틸

자연의 섭리를 즐기는 몇 가지 테크닉

◆ **편리함보다는 건강을 택하라**

가습기 살균제 사건 이후 유해 화학물질로부터 벗어나 천연재료를 사용하려는 사람들이 급증하면서 화학성분이 들어간 제품을 거부하는 일명 '노케미(no-chemi)'가 새로운 소비 트렌드가 되고 있다. 하지만 식품이나 생활용품에서 편리함을 추구하는 현대인들의 습관은 쉽게 고쳐지지 않고 있다. 건강을 지키는 것은 개인의 몫인 만큼 선택과 노력도 각자 알아서 취해야 할 것이다.

◆ **채식을 즐겨라**

건강에 이로운 채식을 맘껏 즐겨라. 다만 아무리 좋은 야채, 과일, 식물이라고 할지라도 내 욕심 때문에 자연을 망가뜨리면서 얻어야 하는 일이라면 그것은 삼가라.

◆ **생활 속으로 자연을 끌어들여라**

나무 한 그루, 돌 하나라도 자연과 함께 살아가는 환경을 만들어라. 꽃이나 나무에게도 내 자식처럼 공을 들여가며 함께 대화하고 함께 나누며 살아라.

◆ **환경보호에 최선을 다하라**

기업을 운영할 때는 환경 중심으로 이끌어가는 것이 기본이다. 환경에 거역하는 기업들은 불매운동의 타깃이 되며 비난의 대상이 된다. 개인의 생활도 마찬가지다. 늘 환경을 보호하고 중시하는 마인드를 갖추어야 한다.

기울면 균형이
무너진다

언젠가 작가 이외수는 한 매체와의 인터뷰에서 "돈에는 이성적인 돈과 감성적인 돈이 있으며 이 둘이 고루 균형을 잡아야 하는데, 지나치게 한 쪽으로 치우치면 아름다운 돈이 되지 못한다."고 밝히면서 "은행은 이성적으로만 돈을 다루고, 도박은 감성적으로 돈을 다룬다. 이렇게 한 쪽으로만 치우쳐 기형화되는 것은 돈이 원하는 바가 아닐 수 있다."며 돈의 균형을 독특하게 표현했다.

연극배우 박정자도 한 매체와의 인터뷰를 통해 "무슨 일이든 한 쪽으로만 치우치면 안 된다. 잘 살면서 동시에 문화적인 생활도 누릴 수 있도록 균형 잡힌 삶이 되어야 한다."며 경제 중심으로 흘러가는 사회에 대해 안타까운 심정을 피력했다.

세상사 모든 것은 균형이 잘 맞아야만 문제가 발생하지 않는다. 기업에서는 힘이 회사나 근로자 어느 한 쪽에 쏠리면 반드시 문제가 발생하며, 가정에서도 남편과 아내 둘 중 어느 한 사람에게만 힘이 치우치면 가정불화가 발생하기 마련이다. 우리의 몸도 마찬가지다. 뇌와 근육이 한 쪽으로 발달하거나 치우치면 뇌와 근육은 제대로 일을 할 수가 없다. 특히 40세 이상이 되면 뇌와 근육의 균형이 어긋나면서 마음으로는 뻔한 일도 육체가 말을 듣지 않는 현상이 온다고 한다. 이때 균형을 잘 찾아야만 건강한 중년의 삶이 유지된다.

중소기업을 이끄는 CEO들 중에는 마케팅이나 자금 관리에는 지식이 부족한데 반해 기술 개발에는 능력이 뛰어나 개발에만 올인하는 사장들이 적지 않다. 이럴 경우 다른 핵심 부서를 각각 이끌어갈 수 있는 경력과 노하우 많은 팀장들이 포진되었다면 문제는 발생하지 않는다. 하지만 어느 한 부분이라도 소홀하거나 취약한 구석이 있다면 아무리 획기적인 제품을 개발하여 판매한다 할지라도 성장에 문제 요인이 발생한다. 인력 관리도 마찬가지다. 직원 수가 손바닥 안에 들여다보이는 중소기업에서 사장이 기획실 직원들만 편애하면 생산직이나 기타 부서의 직원들은 이직률이 높아 기업성장의 걸림돌이 된다.

사람도, 기업도, 일도 균형을 잘 잡는 것은 매우 중요한 것이다. 균형이 잘 이루어지면 다음은 조화가 잘 이루어지기 마련이다. 합창단에서 공연 시 알토, 테너, 베이스, 소프라노 이 네 파트의 소리가 어느 한 파트에만 집중되지 않고 소리를 내는 부분이 고르게 이어질 경우 환상적인 화음이 생겨나면서 합창의 묘미가 살아나듯이 모든 게 균형과 조화 속에서 꽃이 피고 성공적인 결과를 창출한다.

지금 당장 스스로를 점검해 보아라. 일, 인간 관계, 가정, 조직 등 모든 것에서 균형을 잘 유지하고 있는지에 대해서.

슬럼프에서 빨리
벗어나라

"이렇게 살아서 뭐하지."

"이게 나의 한계인가? 왜 성적이 늘 제자리걸음이지."

"의욕이 없어. 사랑도, 일도, 우정도……."

살아가는 동안 누구나 가끔씩은 이러한 질문을 스스로에게 던지면서 슬럼프에 빠져들기도 한다. 긍정적으로 본다면 짧은 시간 동안 슬럼프를 거치면서 자신을 스스로 돌이켜보고 새로운 활력을 찾아가는 것은 자신의 삶을 더 나은 쪽으로 이끌어가는 계기가 될 수도 있다. 문제는 슬럼프 단골인 경우다.

우리는 보통 '슬럼프' 하면 매번 좋은 경기를 보여주던 유명 스포츠 선수가 언젠가부터 한동안 뒤처지는 상황처럼 어느 한 분야에서 실력이 뛰어난 사람들이 자신의 실력을 다 발휘하지 못하는 경우를 생각한다. 그건 결코 아니다. 슬럼프는 나이, 학력, 직업, 유명도 등에 상관없이 누구에게나 찾아올 수 있으며, 제대로 관리하지 않으면 결국 자기 인생의 마이너스만 초래한다. 임상심리학자들의 말에 의하면 슬럼프는 매번 빠지는 사람이 빠지고, 또 매번 비슷하거나 같은 '문제'로 슬럼프를 겪는다고 한다. 책임감에 짓눌려 있거나 완벽함을 추구하는 경우, 또 사랑, 외로움, 화 등에서 갈등하고 고뇌하거나 오래된 마음의 상처로부터 벗어나지 못하는 경우, 또 새로운 변화를 원하지만 현실은 그렇지 못한 경우 등등이 슬럼프의 유형들이다.

한 설문조사에 따르면 직장인들의 95.4%가 슬럼프를 경험했다고 한다. 직장인의 슬럼프는 일반적으로 자신의 능력을 펼쳐 보이지 못하거나 조직 내에서 상하관계의 불편함으로 인한 소통의 부재 기간이 길어지면서 스스로에 대한 존재감이 줄어들게 되고 직장생활 자체가 갈등과 고통의 시간이 된다. 이런 슬럼프를 겪는 기간이 길어지면 몸에도 이상이 생겨 심각한 상황이 될 수 있다. 심한 경우 만성피로가 심해져 쓰러지기도 하며 정서적 불안으로 이어져 조울증이나 우울증을 겪는 이들도 있다. 또 더 심각해지면 가족이나 주변 사람들에게까지 악영향을 미치기도 한다.

얼마 전 개인적으로 잘 아는 K부장은 3~4년 간 늘 슬럼프에 젖어서 살았다고 고백했다. 두세 달에 한 번 정도 만나서 함께 식사를 하거나 술을 한잔 하다 보면 K는 늘 자신의 슬럼프에서 벗어나지 못하고 정신적 방황을 드러냈다. 사는 재미가 없고 희망적인 미래가 보이지 않는다는 게 그의 슬럼프 테마였다. '여행을 다녀오라', '새로운 취미 생활을 가져보아라', '나이 탓 하지 말고 좋은 배우자감을 찾아 보아라' 등등 다양한 훈수를 두기도 했다. 하지만 그는 스스로 어떤 방법을 실행해 보지도 않으면서 늘 그 상태였다. 그런 슬럼프 기간이 길어지다 보니 주변 사람들은 K와의 술자리를 피하게 되고 비난을 하기도 했다. K를 만나면 그의 고민과 갈등 얘기를 들어야 하고 그런 횟수가 늘어날수록 오히려 자신의 마음까지 우울해진다는 것이었다. 언제부터인가는 K도 주변 사람들이 자신의 슬럼프 때문에 만남 자체에 부담감을 갖는다는 것을 알아차리고 가능한 한 사람들을 만나지 않고 혼자서 방황하는 쪽으로 기울어져만 갔다.

이런 그에게 새로운 계기가 찾아온 것은 참 다행스러운 일이다. 다니던 직장에 과감하게 사표를 던지고 독립을 준비하던 그에게 기존의 직장보다 더 큰 규모의 기업에서 입사 제의가 들어온 것이다. 퇴직 후에도 한동안 그 이전의 슬럼프에서 벗어나지 못했던 그는 새로운 직장을 통해 미래의 비전과 희망을 찾은 듯했다. 새 직장으로 출근한 후로 그는 더 이상 과거의 슬럼프에서 허우적거리는 모습을 보여주지 않았고 10년 후 자신의 모습을 그리는 희망적인 자세로 바뀐 것이다.

K가 일찌감치 3~4년 전에 슬럼프를 빨리 떨쳐버리

고 새로운 직장을 찾는 노력을 기울였다면 그의 지금은 또 달랐을 것이다. 슬럼프에서 헤맨 시간을 그는 낭비한 것이나 다름없다.

전문가들은 슬럼프 극복을 위해 가장 먼저 해야 할 일은 스스로 자신이 살아온 인생을 하나둘씩 회상하는 '자신을 찬찬히 돌아볼 기회'를 통해 '자신을 위로하고 보듬는 일'이라고 말한다. 그리고 그 방법을 하나둘 익혀가며 진정 내 에너지를 어디에 쏟아야 하는지 마음을 들여다보면 훨씬 달라진 기분과 활력을 얻을 수 있다.

슬럼프를 가져오는 3대 요인

◆ 심리적인 압박

업무 또는 성과와 관련해서 압박이 심해지면 정서적으로 불안한 상태가 지속되고, 더욱 심해지면 우울증이나 자기 비하에까지 이른다. 결국 슬럼프에 빠지는 길이 된다. 명상이나 요가, 여행 등을 통해 마음의 평온을 찾으려는 노력이 필수다.

◆ 피로 누적

만성피로와 과로로 쓰러지는 직장인들이 매년 꾸준히 증가하고 있다. 이를 예방하기 위해서는 먼저 개인 스스로의 노력이 가장 중요하다. 철저한 자기 관리는 기본이고 피할 수 없으면 즐길 줄 아는 긍정적인 마음가짐을 유지하는 것이 중요하다.

◆ 인간 관계

상사·동료·부하직원들과의 관계에서 오는 스트레스가 슬럼프에 빠지게 한다. 이런 경우 현명하게 잘 대처할 수 있어야 슬럼프를 비켜 갈 수 있다. 한 발짝 물러서서 상대방을 바라볼 수 있는 마음의 여유를 가지는 것이 중요하다. 사소한 말 한 마디나 태도에서 오는 오해를 최소화하기 위해서는 커뮤니케이션 스킬에 대한 공부를 하는 것도 도움이 된다.

건강, 반드시
체크해라

대기업 부장인 T씨는 평소에는 식사 후 특별한 증상이 없었는데 언제부터인가 트림이 자주 나고 속이 개운하지 못한 느낌을 갖는 때가 있었다. 하지만 아주 심한 통증이나 특별한 장애가 없어 그냥 넘어가곤 했다. 그런데 10개월 후 어느 날 직장에서 실시한 건강검진 결과 위에 이상이 있다는 통보를 받고 종합병원에 찾아가 진단한 결과 위암 3기였다. 그는 곧장 수술을 하고 항암 치료를 받았지만 불과 1년도 못 살고 세상을 등져야 했다.

누구에게든지 세상에서 가장 소중한 것은 자신의 건강이다. 건강을 잃고서는 그 무엇도 기대할 수 없으니 곧 절망이고 좌절이다. 현대인들은 이 사실을 아주 잘 알고 있으면서도 건강을 잃은 후에야 그 소중함을 깨닫는 이들이 부지기수다. 특히 30대에는 20대 시절의 건강한 체력을 믿고 자신은 여전히 건강하다고 생각하기 때문에 건강 체크를 하지 않는다. 또 40대에는 한창 일하는 나이인지라 사업이나 일, 그리고 가정에 신경쓰다 보면 정작 자신의 건강은 소홀히 하게 된다.

그동안 기업 CEO들을 만나면서 느낀 공통점 하나가 사업에 열정을 바치다 보니 정작 건강을 챙기지 못해 뒤늦게야 건강에 많은 신경을 쓴다는 점이다. 사업 실패는 곧 전 재산을 잃는 것이나 다름없다 보니 사장들은 어느 정도 사업이 자리를 잡을 때까지 정신력, 체력 둘 다 사업에 집중시킨다. 길게는 20년 이상, 짧아도 10여 년 정도는 사업에 모든 것을 걸고 뛴다. 회사 안에서는 회의와 업무 지시, 현장 조율 등으로 바쁘고, 밖에 나가면 비즈니스를 위한 활동에 정신이 없다. 사람을 만나다 보면 술자리 또한 잦아지니 피로는 누적된다. 한가하게 헬스장을 다닐 수가 없는 상황이다. 그러다 보면 통풍, 복부 비만, 당뇨, 위장기관과 간 질환 등이 나타난다. 그제야 사업도 중요하지만 건강도 중요하다는 인식에 병원을 찾아가고 술, 담배를 멀리하게 된다.

기업을 이끄는 사장들만큼이나 기업의 40대 중간관리자나 간부 직장인들도 건강위기에 노출된다. 스트레스가 이만저만이 아니기 때문이다. 매일같이 사표를 쓰겠다고 마음먹지만 한창 자라나는 자녀들을 보면 쉽지 않다. 이 자체가 스트레스이고 건강을 위협하는 성인병을 불러온다.

우리나라에서는 '40대 50대만 잘 넘기면 90세 이상을 살 수 있다'는 말이 통한다. 2016년 말 생명보험협회가 발표한 자료에 따르면 우리나라 40~50대의 사망확률은 30대에 비해 각각 2.4배, 5.8배나 높은 것으로 밝혀졌다. 게다가 남성 사망률은 여성에 비해 2배 이상 높았다.

경쟁적으로 살아가야 하는 사회적 환경 속에서 교감신경이 흥분되어 노르아드레날린 호르몬이 다량 분비

된다면 이에 따라 충동이나 폭력성이 강해지고 만성 스트레스증후군에 시달리는 이들이 적지 않은 것이다.

우리나라를 포함한 선진국들에서는 '100세 시대'라는 말이 더 이상 낯설지 않은 시대를 살고 있다. 하지만 의학의 발달이 가져다준 이 행운을 누리느냐 못 누리느냐는 사람들 각자에 달려 있다. 건강해지기 위해서는 그 누구의 도움도 필요 없다. 아니 배우자나 가족이 아무리 관심을 갖고 신경을 쓰고 잔소리를 해도 소용없다. 개인의 육체인 이상 당사자만이 해결 가능한 일이다. 해법은 자기 관리다. 건강해지기 위해 최소한의 노력이라도 기울여야 한다. 큰 비용이 들지 않고 많은 시간을 할애하지 않아도 되는 건강유지 비법을 찾아내야 한다. 그리고 나머지는 유지를 위한 노력이다.

40, 50대의 건강 유지법

◆ 걷기 운동을 해라

일주일에 3회 30분 이상씩만 걸으면 다른 운동을 하지 않아도 된다. 유산소 운동이어서 건강에 아주 좋으며 체력에 무리가 따르지 않는다. 복부비만, 고혈압, 당뇨병 등의 성인병은 접근도 못한다.

◆ 음식물 섭취를 조절해라

육류를 줄이고 야채와 과일을 즐겨라. 특히 과일은 색상별로 다양하게 먹어라. 비타민 섭취에 큰 도움이 된다.

◆ 사랑하라

가족을 사랑하고 주변사람들을 사랑하라. 사랑하는 순간 우리 뇌에는 행복호르몬이라 불리는 세로토닌이 다량으로 발생한다. 특히 배우자를 사랑하라. 사랑은 그 어떤 비타민보다도 더 건강에 유익한 에너지이자 긍정의 힘이 될 것이다.

◆ 수면을 충분히 취해라

잠이 부족하면 몸의 균형이 깨진다. 자연스런 숙면 상태에서 세로토닌이 가장 활발하게 생성된다. 하루 6~7시간은 수면을 취해라. 이게 어렵다면 낮 시간 틈을 이용해라.

◆ 즐겁게 살아라

모임에도 적극 참가하고 동호회 활동도 하고 가족들과 여행도 즐겨라. 일상의 스트레스에서 벗어나 맘껏 웃고 떠들어라.

화를
잘 다스려라

손자는 병법에서 장군에게는 다섯의 위기가 있다고 했다. 그중 하나가 바로 분노를 잘 다스려야 한다는 것이다. 화를 잘 다스려야 하는 게 어디 전쟁에서 뿐이겠는가? 예나 지금이나 우리는 생활 속에서 수시로 분노를 유발할 수 있는 상황들과 맞닥뜨린다. 특히 현시대에는 '분노조절장애'라는 병을 앓고 있는 사람들이 더욱 늘어나고 있다. 이로 인해 수많은 사건 사고가 발생하면서 그 여파가 전혀 관계가 없는 무고한 사람들에게 엄청난 불운과 피해를 주는 양상이다. 분노조절을 못하는 것은 한마디로 심각한 문제가 되고 있다.

미국의 유명 심리치료사 비벌리 엔젤은 "어떤 사람은 화를 지혜롭게 다루며 인생을 술술 풀어가고, 어떤 사람은 화를 어리석게 다뤄 자신과 주변에 상처를 남기고 때론 자신이 화를 입는다."고 말했다. 화를 적절한 방식으로 잘 내면 오히려 문제 해결에 도움이 되는 것은 사실이다. 하지만 인간은 감정의 동물이다 보니 때로는 자기 감정을 잘 조절하는 사람, 늘 사람들을 편안하게 해주는 유순한 사람이라 할지라도 화 한 번 안 내고 사는 사람은 없다. 자녀나 부하에게 화를 낼 필요가 있을 때는 따끔하게 화를 내는 것이 상대로 하여금 자신이 무엇을 잘못 했는지 반성하게 만들 수 있으며 속병으로 이어지지 않을 수도 있다. 단 문제는 화를 자주 내는 사람이다.

화를 잘못 내면 고통에 빠지고, 스트레스에 시달리고, 인간 관계의 단절을 초래한다. 한 번 화를 내면 8만 4천 개의 세포가 죽는다고 한다. 화를 내는 수가 늘어나면 늘어나는 수만큼 세포는 죽고 생명은 단축된다는 말이다. 특별한 병이 없는 사람이 발끈 화를 내다가 그대로 쓰러져서 일어나지 못하는 경우도 있다. 고혈압 환자들의 경우 화를 내는 일은 절대적으로 줄여야 한다. 화를 내다가 혈관에 문제가 생기면 그 충격이 뇌로 이어져 식물인간이 되거나 죽음을 자초하는 길이 될 수도 있다. 오죽하면 'anger'에 한 글자만 더하면 'danger'가 된다는 말이 있겠는가?

화를 잘 내는 사람이라고 해서 그들 모두를 나쁜 사람이라고 말할 수 없다. 쉽게 화를 내는 사람일수록 비교적 솔직담백하며 소위 '뒤끝이 없는 사람'이라는 말을 듣는 이들도 많다. 감정이 예민하기 때문에 성격이 급하고 이로 인해 화도 빨리 내고 자주 내게 되는 것이다. 물론 화를 잘 내는 사람들 중에는 성격적으로 큰 결함이 있는, 이를 테면 히스테리컬한 이들도 있다.

상황과 이유야 어찌 됐든 화를 잘못 다스리면 마음과 신체의 건강이 모두 나빠지는 것은 사실이다. 특히 비즈니스를 하는 사람이나 조직생활을 하는 사람은 화를 잘못 다스리면 곧장 그것이 경제적인 손실로 이어지는 일이 많다. 가격 협상을 하다가 먼저 화를 내게 되면 십중팔구는 거래가 이루어지지 않는다. 많은 사람들이 지켜보는 자리에서 부하 직원 중 누구 한 사람만을 능력 없는 사람으로 몰아세우며 화를 내면 상대는 자신의 능력이나 잘못을 탓하기 이전에 인격적인 모독을 당했다고 여긴다. 이런 일이 반복되면 감정적인 문제로 비화되어 함께 일할 수 없는 지경에 이르기도 한다.

가정에서는 어떨까? 화를 잘 내는 부모 아래서 성장한 아이는 훗날 부정적인 사람이 될 확률이 높다고 한다. 화를 잘 내는 부모 밑에서 자란 아이들은 은연중에 깊은 상처를 안고 자라게 되며 이 때문에 감정 조절이 잘 안 되어서 자기 감정을 진지하게 표현하지 못하며 반항적이고, 신경질적이고, 냉정한 성격의 소유자가 되는 것이다. 그러다 보니 세상에 대해 부정적인 시선을 가질 수밖에 없다.

공자는 '더 많이 알수록 더 많이 용서하게 된다'고 했다. 마음속에서 화가 치밀어오를 때는 일단 마음을 가라앉히면서 무엇 때문에 내가 화가 나는 것인지, 다시

한번 생각해 보고 상대방을 이해하기 위한 역지사지의 마음을 가져보는 것이 좋다. 욱하는 마음을 죽이고 상대방의 입장을 생각해 보면서 상대를 이해하려는 마음을 갖게 되면 저절로 마음의 평화를 찾게 된다. 그런 후에 반드시 해결해야 할 문제가 있다면 차분한 대화를 통해 풀어 나가는 게 현명한 방법이다.

인간의 감정은 오장육부에도 영향을 끼쳐서 건강과 직결되기도 한다. 분노는 간장을 나쁘게 하고, 기쁨은 신장을 좋게 만든다고 한다. 이왕이면 마음이 즐거워지는 대화를 자주 나누고, 즐거운 생각을 많이 하는 것이 좋지 않을까. 화를 잘 다스리는 습관을 갖는다면 자신의 건강은 물론이고 가정이나 회사, 그리고 모든 인간 관계에서 좋은 것을 얻을 수 있는 기회도 많아질 것이다.

정도를
지켜라

1990년대 후반 이후 국내에는 IT 벤처기업 붐이 일었다. 떠들썩했던 수많은 벤처들 탄생과 젊은 CEO들의 등장은 적잖게 주목을 받았고, 우리 경제와 사회에 새로운 희망을 불어넣었다. 하지만 그것도 잠시였다. 벤처기업들의 신선함은 경영의 투명성이나 CEO의 도덕성으로 이어지지 못했다. 때문에 언제부터인가 투명경영, 정도경영, 도덕경영이 새로운 화두로 떠올랐다. 설립 배경이나 상황은 다르지만 수많은 소프트웨어 기업이 거품이 사라지면서 무너져 내렸고, 머니게임을 위한 인수합

병(M&A)의 먹잇감이 되면서 자취 없이 사라져버렸다.

기존의 기업들과는 뭔가 다를 것 같았던 벤처기업들의 이러한 몰락은 '벤처는 거품'이라는 공식만 남겼다. 물론 모든 벤처들이 그런 것은 아니었지만 지금까지 당당하게 벤처 정신을 유지하면서 정도경영의 길을 걷는 기업은 소수에 불과하다. 이런 상황을 감안할 때 단연코 눈에 띄는 사람이 있었다. 지금은 정치인의 길을 걷고 있으며 국민의당 대표를 지낸 안철수 의원이다.

안철수 의원이 창업한 '안철수연구소'는 그의 명성만큼이나 IT업계에 상징적인 존재로 남아 있다. 지난 1995년 '안철수연구소'를 창업한 이래 10년 간 경영자로 회사를 이끌었던 안철수 교수는 창업 이후 기업을 이끌면서 그만의 정도를 걷는 인생관, 경영철학으로 시선을 끌었다.

그는 안철수연구소를 경영하면서 지난 10년 간 세 가지를 이루고자 노력해 왔다고 밝힌다. 첫 번째로, 한국에서도 소프트웨어 사업으로 자리를 잡을 수 있는 워킹 모델(working model)을 만들어보고 싶었다고 한다.

지식 정보의 가치가 인정받지 못하고 왜곡된 시장 구조의 척박한 토양에서도 다음 세대를 위한 한 가닥 희망의 빛이라도 남겨놓는 것이었다. 두 번째로, 현재 한국의 경제 구조하에서 정직하게 사업을 하더라도 자리를 잡을 수 있다는 것을 증명해 보고자 노력했다. 투명경영, 윤리경영이 장기적으로 더 큰 힘이 되는 사례를 만들어 보고 싶었던 것이다. 세 번째로, 공익과 이윤 추구가 서로 상반된 것이 아니라, 양립할 수 있다는 것을 보여주고자 했다.

이를 위해서 그는 밤잠 설쳐가며 개발한 백신 소프트웨어를 바이러스에 걸려 컴퓨터를 못 쓰게 된 개인들에게 무료로 보급했고, 외국계 업체로부터 거액의 인수 제의를 물리치면서 직원과 국산 보안기술을 지켜낼 정도로 사명감을 갖고 일했다. 그리고 창업 10년 후 그는 CEO의 자리를 미련없이 넘기고 아름답게 떠났다.

누구나 정도를 가려고 하지만 이를 실천으로 옮기기는 쉽지 않다. 돈, 지위, 명예, 주변 사람들 등 다양한 유혹으로부터 벗어나 독한 마음과 자세를 유지해야 하기 때문이다. 특히 얽히고설킨 혈연, 학연, 지연의 인간관계와 이로 인해 잘못 빚어지는 비리의 고리를 확고하게 끊는 것이 말처럼 쉬운 일이 아닌 것이다. 지난 2017년 19대 대통령 선거에서 실패의 쓴잔을 마시긴 했지만 적어도 벤처업계에서의 과거에 보여준 그의 창업 정신과 정도경영 · 투명경영은 지금까지도 아름답게 비춰지는 것이다.

　수천억 원의 재산을 지닌 경영인, 최고 학벌을 나와 정치계의 거물이 된 정치인이나 고위층 공무원, 나라의 최고 우두머리를 지낸 전직 대통령 등등 보통사람들로서는 고개를 세우고 쳐다보아야 할 만큼 엄청난 명예와 지위를 지닌 사람들이 한둘이 아니다. 하지만 그들 모두가 사람들로부터 존경받고 추앙받지는 못한다. 특히 지난 50여 년간 정치, 경제, 문화, 사회 모든 면에서 격동의 세월을 거쳐 온 우리나라에서는 은퇴 후에도 존경받는 유명인사가 된 이들이 흔치 않다. 누구나 하지 못하는 중요한 역할을 했음에도 불구하고 존경받지 못하는 이유는 한 가지다. 정도를 걷지 않았기 때문이다.

위인으로서 인정받거나 존경받는 사람들은 기업인이 든 학자든 정치인이든 공통된 것이 있다. 그들은 정도의 길을 걸으면서 자신들이 지닌 테크닉적인 요소를 적절히 활용하므로써 성공을 만들었다는 것이다. 그들의 테크닉은 잔꾀를 이용한 비정상적인 기술이 아니라 공정하고 합법적인 지혜다.

정도(正道)를 행하는 사람은 돕는 사람이 많고, 무도(無道)를 행하는 사람은 돕는 사람이 적다. 돕는 사람이 적을 경우에는 친척마다 등을 돌리고, 돕는 사람이 많을 경우에는 천하가 다 따라온다. – 맹자

chapter 2

도전의 화살을
무엇으로
쏠 것인가?

인생은 영원한 도전이다. 도전하지 않으면 얻어지는 것이 없다.
도전 없는 인생은 '구르지 않아서 이끼가 낀 돌'이나 다름없다.
모험과 도전을 즐기는 사람이야말로 주어진 삶을 200% 활용하는
열정적이며 즐거운 인생을 사는 사람이다.
나이를 생각하지 말고 길을 묻지 말고 내일의 걱정을 미리 하지
마라.
기회를 잡고 노하우를 쌓아라.
성공이란 무지개가 아니라 내가 직접 만드는 위대한 작품이다.

기회를 잡는
사람이 성공한다

"기회란 그리 많지 않나는 섯을 명심하라. 좋은 기회는 위대한 재산이며, 때로는 한 번 뿐일 수도 있다. 기회는 바로 옆에 있는 것이며, 기회를 포착하는 것은 지혜다. 만일 기회가 없다면 만들면 된다."

빌 게이츠가 조언하는 성공학의 내용 중 일부다.

기회는 어느 누구에게든 소중한 것이며 기회를 잘 포착하여 성공한 인물, 성공한 기업들이 적지 않은 것만큼은 분명한 사실이다. 60여 년 전 아주 어렵던 시절 전쟁 중에도 밥 장사를 하여 떼돈을 번 사람이 있는가 하면 여성 전유물이던 미용업계에 먼저 발을 내딛어 남자 미용사로 성공을 거둔 사람, 고등교육을 받을 수 없는 입장이어서 청소년기부터 제빵사로 취직하여 지금은 국내에서 내로라하는 유명 제과점의 대표가 된 인물도 있다. 기업들 중에는 설령 유명 대기업이 아닐지라도 기회를 잘 포착하여 틈새시장을 노려 성공을 거둔 곳들이 적잖다. 1990년대 중반 반도체 분야의 성장을 일찌감치 알아차리고 반도체 관련 장비 국산화를 통해 급성장한 기업도 있고, 2천년대 들어 디지털카메라 시장의 급성장에 발맞춰서 수중에서도 촬영을 가능케 하는 방수 케이스를 만들어 전 세계 60여개 국에 수출하면서 성장가도를 달리는 기업도 있다. 이색적인 아이템으로는 전 세계에 AIDS가 확산되면서 저개발 국가에 지원되는 콘돔을 UN 관련 기구에 납품하여 더 크게 성공한 기업 등도 있다.

인생을 살다 보면 기회는 반드시 찾아온다고 한다. 다만 생각하는 것처럼 기회가 그리 많은 것은 아니다. 때문에 많은 사람들이 한 번의 기회도 잡아보지 못하고 인생을 마감하기도 한다. 기회와 성공의 상관관계를 놓고 볼 때 무엇보다 중요한 것은 빌 게이츠의 말처럼 '기회를 포착'하는 것이다. 자신에게 절호의 기회가 찾아와도 그것을 알지 못한다면 무용지물이다. 때문에 매순간 미래에 어떤 기회를 잡으려는 고민을 하기보다는 현재 내가 어떤 기회를 잡을 수 있을지 파악하는 노력이 더 중요하다. 따라서 성공학 전문가들은 기회만 바라볼 것이 아니라 일상생활 속에서 세심한 관심과 최선을 다하는 노력이 뒤따른다면 기회는 분명 다가오기 마련이라고 강조한다. 자신에게 다가온 기회를 포착할 줄 아는 것이야말로 가장 큰 능력이라는 것이다.

목회학과 법학 박사이면서 「미래를 여는 힘」과 「긍정의 삶」과 같은 베스트셀러를 펴낸 로버트 H. 슐러는 기회 포착 방법으로 과거를 보지 말고 미래를 볼 것이며, 모든 사람이 '되기만 하면 정말 좋을 텐데'라고 하는 아이템을 찾으라고 한다. 또 그는 삶이 버려진 곳에서 기회를 찾으라고 말한다.

하지만 대부분의 사람들은 기회는 반드시 오며 잘 포착해야만 성공한다는 사실을 너무도 잘 알고 있으면서도 실

천으로 옮기지 못한다는 데 가장 큰 문제가 있다. 기회를
잘 포착하는 것은 쉽게 말해 새로운 도전이다.

비관론자는 모든 기회에서 어려움을 찾아내고, 낙관론자는
모든 어려움에서 기회를 찾아낸다.　- 윈스턴 처칠

직장인 기회 포착 전략

◆ 멀티플레이어(multi-player)가 되겠다는 마음가짐이 중요하다

자기 전문 영역이 있다고 멀티플레이어가 되지 말라는 법은 없다. 고유 업무 이외의 영역에 지속적으로 관심을 갖고 대비하면 회사나 시장상황의 변화가 올 때 위기에서 벗어나거나 새로운 기회를 잡을 수 있다.

◆ 회사 밖에서의 활동에 시간을 투자하라

취미 동호회도 좋고, 업무와 관련된 스터디그룹 활동도 좋다. 이를 통해 지식과 인맥을 넓히고 시장의 변화와 기회를 포착하라. 의외의 기회가 찾아올 수도 있다. 잘 만든 블로그 하나가 연예계 진출의 다리가 되거나 취업 기회를 가져다주는 것은 흔한 일이다.

◆ 늘 눈과 귀를 열어놓아라

정보는 무서운 경쟁력이다. 남들 다 아는 정보도 다른 시각에서 보거나 다른 정보와 조합해 새로운 정보를 만들 수 있다. 그리고 이것을 새로운 기회로 활용할 수도 있다.

선택이 인생을
좌우한다

"30대에 기반을 마련하여 40대에는 거울에 비친 자신의 얼굴에 대해 책임을 져야 한다."

인생의 선배들이 후배나 젊은층에게 조언을 할 때 이 말을 강조하곤 한다.

'논어'의 '위정편(爲政篇)'에서 공자가 말하기를, "나는 15세가 되어서 학문에 뜻을 두었고[志學], 30세가 되어서 학문의 기초가 확립되었으며[而立], 40세가 되어서는 판단에 혼란을 일으키지 않았고[不惑], 50세가 되어서는 천명을 알았으며[知命], 60세가 되어서는 귀로 들으면 그 뜻을 알았고[耳順], 70세가 되어서는 마음이 하고자 하는 대로 하여도 법도에 벗어나지 않았다[從心]."고 했다.

21세기는 공자가 살던 시대가 아니다. 하지만 그의 지론은 현시대에도 제법 잘 맞아 떨어진다. 이 중에서도 모든 기초를 세우는 나이 '서른 살'을 이르는 말인 '이립(而立)'은 우리 시대 젊은 세대들에게 매우 중요하고 더 큰 의미로 다가온다.

요즘처럼 청년실업이 화두가 되고 있는 상황에서는 30대 초중반에도 실업자나 미취업자가 적지 않은 게 현실이지만 대학 졸업과 동시에 사회활동에 참여하는 보편적인 논리에서 본다면 이 나이에는 직장생활 경력이 많게는 10년, 적게는 3~5년 이상인 사람들이 대부분이다. 결혼 적령기이기도 하다. 결혼 후 자녀 또한 가져야 하는 시기다. 직장, 결혼, 출산 모든 게 걸려 있는 시기이니만큼 아주 중요한 때다. 특히 40대 중후반에는 직장, 가정, 개인의 삶 모두가 안정을 찾아야 하는 만큼 30대는 40대를 위한 철저한 준비와 기초 다지기가 되어야 한다. 30대를 그냥 흘려보내면 40대에 당황하게 되며 위기의 시간을 겪게 된다. 대기업에 취업하여 30대를 마음 편하게 지낸 사람들 대다수가 40대에 이르러서 후회를 한다. 30대에 이 직장 저 직장 투어를 하면서 노하우도 경력도 돈도 축적하지 못한 사람들은 40대에 가서 오갈 데도 없고 쌓인 능력이 없어서 능력을 인정받지도 못한다.

따라서 30대 중후반은 선택과 집중이 요구된다. 무엇보다도 꼭 하지 않으면 안 되는 것은 일을 통한 인생의 방향을 확고히 하는 것이다. 현재의 직장에서 무언가를 이룰 것인지, 아니면 더 늦기 전에 직업을 바꿀 것인지, 더 나은 직장으로 옮겨갈 것인지, 또 창업을 할 것인지 이 네 가지 중 적어도 하나는 선택이 필수다. 그러니 전쟁으로 따지면 화력을 만들기 위한 불을 지펴야 하는 시간인 셈이다.

선택 다음은 집중이다. 30대에 성공한 사람들은 극히 드물다. 설령 사업이나 직장에서 두각을 드러냈다 할지라도 안정감은 그리 크지 않다. 자기 관리와 노력이 지속되지 않는 한 너무 빨리 핀 꽃은 쉽게 지기 마련이다. 30대는 40대에 화려한 꽃을 피우기 위해 많은 영양분을 섭취하여 땅과 하나가 되는 자리매김이 필요하다. 40대에 비가 오고 눈이 와도 꿋꿋하게 버티면서 꽃을 피우기 위해서는 최선의 노력을 기울이면서 자생력을 키워야 한다.

지금 당신이 30대라면 '아직은 젊다'는 말로 '아직은 시간이 충분하다'는 변명으로 자만하거나 게으름을 피우지 마라. 시쳇말로 피 터지는 열정을 쏟아내야 한다. 좋아하는 일이 있다면 골프나 장기간의 해외여행 같은 것은 미루어도 좋다. 일에 목숨 걸고 달려들어라. 그리고 전문가로 태어날 준비를 하라.

힘을 한 곳에
집중시켜라

30여 년을 넘게 사회생활을 했지만 이렇다 할 인물이 되지 못한 사람들의 말을 들어보면, "나는 안 해 본 일이 없다."거나 "세상 쉬운 일이 없더라."는 말을 한다. 지극히 당연한 일이다. 여러 개의 직업을 전전했으니 어느 하나 제대로 노하우가 쌓이고 잘 된 일이 없는 게 당연지사다. 게다가 어느 직업이든 뛰어드는 것은 누구나 할 수 있지만 진정한 프로로 인정받기까지는 적잖은 시간과 노력, 열정 등이 투자되어야 한다. 때문에 세상 어떤 일이든 최고가 되거나 적어도 해당 분야에서 성공했다는 소리를 들으려면 한 가지 일만 수십 년씩 지속하지 않으면 불가능하다. 아니 시간과 열정을 쏟은 만큼 그 결과만 좋게 나타나도 다행이다. 수십 년간 작품 활동을 한 예술가, 문학인들 중에도 이렇다 할 히트 작품 내놓지 못하고 작가 생활을 마감하는 이들도 있으며, 십 년, 이십 년 선수 생활을 해도 자기 분야에서 두각을 나타내는 스포츠스타가 되는 것은 그리 쉬운 일이 아니다. 하물며 불과 몇 년 동안 일하다가 '힘들어서', '비전이 없어서', '노력한 만큼의 대가가 없어서'라며 다른 직업을 택한다면 성공이란 점점 멀어져만 갈 뿐이다.

흔히 우리가 '장인'이라고 말하는 사람들, 전문 분야에서 성공한 인물로 거론되는 사람들은 하나같이 자신의 일 한 가지에 삶을 바치다시피 한 사람들이다. 또 사업을 통해 돈을 번 사람들 중에는 도중에 분야를 바꿔 잘 된 이들이 있긴 하지만 세계적인 유명 기업들을 보면 하나같이 한 가지만 고집해 온 그 역사가 많게는 50년, 100년이 넘는 기업들도 있다. 역사가 300여 년이 다 되어가는 튀르키예의 로쿰 가게나 일본의 과자점들을 보면 최고가 되기까지는 장인 정신을 갖고 일평생 업으로 삼는 것은 지극히 당연한 일쯤으로 보인다.

요즘 흔히 '철새 직장인'이라 불리는 사람들이 있다. 연봉이 높다고 해서 입사했지만 자신과의 적성이 맞지 않아서 1~2년 다니다 그만두고 다른 직업을 선택했다가 그마저도 시원찮아 또 다른 일을 찾는 이들, 오로지 높은 연봉을 위해 이 직장 저 직장 옮겨 다니거나 이런저런 불만을 내세우면서 직장을 전전하는 이들이 바로 그 대표적인 예다.

한때 잘 된다는 소문이 자자하던 기업들이 오히려 쉽게 망하는 이유 중에는 문어발식 사업 확장이 문제가 되는 경우가 많다. 운 좋게 첫 번째 사업이 잘 되어서 돈이 좀 벌린다 싶으면 뭔가 또 다른 잘 된다는 것에 일단 뛰어들고 보자는 식이다. 수십 년 동안 성장해 온 기업들도 위기가 불어닥치면 흔들리는 상황인데 역사가 짧은 작은 기업들이야 무너지는 것은 순식간의 일이다. 자금줄이 막히면 어쩔 수 없는 일이다. 욕심만 앞세운

무분별한 사업 다각화로 위기에 봉착했다가 뒤늦게라도 구조조정을 통해 다시 가장 잘 할 수 있는 사업 분야에만 올인하는 기업들이 한둘이 아니다.

성공하는 기업이나 사람들은 집중과 선택을 중시한다. 힘이 분산되면 경쟁력만 약해지기 때문이다. 소량 포장 판매의 새로운 트렌드를 선보이면서 한 가지에 집중하여 성공한 ㈜한울은 그 대표적인 예다. 청양군의 향토기업으로 중국 진출을 시작으로 세계화 도전에도 나선 이 회사는 1992년 소량 포장인 '꼬마김치'를 국내 최초로 편의점에서 선보여 대성공을 거둔데 이어 유명 항공사들의 기내식으로도 공급하기에 이르렀으며 현재 김치 전문업체로 명성을 떨치고 있다.

직업을 선택할 때도 기업을 운영할 때도 남이 잘 된다고 해서 이것저것 다 욕심내지 마라. 욕심은 욕심일 뿐 능력으로 이어지지 않으면 과욕이 부르는 실패만 자처하기 마련이다.

'열두 가지 재주 가진 놈이 저녁거리가 간 데 없다'는 말이 있다. 한 곳에 집중해도 성공하기 어려운데 재주

가 너무 많아 이것저것 다 관심을 갖다 보면 어느 하나
잘 되는 것이 없는 게 사실이다.

제대로 집중하면 6시간 걸릴 일을 30분 만에 끝낼 수 있지
만, 집중하지 않으면 30분이면 끝낼 일을 6시간 해도 끝내
지 못한다. - 알버트 아인슈타인

변화에 적극
대처하라

 '디지딜 전도사', '창조 경영의 대부'로 불리면서 각
계의 특강 초청 스타강사로 통하는 (주)코글로닷컴 이
금룡 대표는 CEO의 생존전략과 관련하여 한 매체와의
인터뷰에서 이런 말을 한 적이 있다.

 "버티면 살아남는다는 착각부터 버려야 한다. 적극적
공격이 아닌 '수비형 경영'을 하다 보면 꼭 필요한 투자
비용까지 줄이기 쉽다. 악순환은 반복된다."

 사람이나 기업이나 변화(innovation)와 창조(creation)
를 거듭하며 조금씩 성장해야 의미가 있다는 것이 그

의 지론 중 하나다.

CEO든 정치가든 직장인이든 사람들을 보면 '변화와 창조'라는 옷을 놓고 볼 때 몇 가지 유형이 있음을 알 수 있다. 하나는 너무 자주 많은 변화를 택하는 이들이다. 욕심과 의욕이 지나친 CEO들을 보면 하나가 성공하기 이전에 이미 두세 개의 다음 제품을 내놓거나 다른 사업에 손을 뻗친다. 자신의 생각으로는 성공할 수밖에 없는 아주 특별한 아이템이라고 여기는 것이다. 하지만 설령 그 아이템이 그 누구도 시도하지 않은데다 일만 벌이면 돈이 쏟아진다 할지라도 기업의 인적 물적 능력이 여러 갈래로 분산되다 보면 정작 하나도 제대로 성공시키지 못하는 실패를 자청하게 된다. 대기업이든 중소기업이든 하나도 제대로 하지 못하면서 이것저것 다 찔러보다가 망하거나 규모 축소로 이어진 기업들이 한둘이 아니다. 이는 '변화'를 너무 가볍게 여긴 탓이다. 특히 그 변화에서 창조란 찾아볼 수가 없었던 탓이다.

다른 하나는 지나치게 현실에만 안주하는 부류의 사람들이다. 지금 이대로 아무런 문제가 없기에 굳이 새로운 변화를 추구하여 문제를 만들 필요는 없다는 입장이다. 긁어 부스럼 만드는 꼴은 피하겠다는 것이다. 창업한 지 10년이 흘렀는데도 다음 전략 제품이 나오지 않는 기업, 만년 과장으로 직장생활 20년을 하는 사람, 사람들 입맛이 변했는데도 불구하고 10년 전 유행하던 메뉴판만 고집하는 식당 주인이 그런 경우다.

시간이 아무리 흘러도 경쟁자가 나타날 수 없는, 늘 독점권을 유지하거나 그 자리가 최상이라면 변화란 그다지 필요하지 않을 수도 있겠다. 하지만 지금은 500년 전이 아니다. 세상의 빠른 변화는 누구에게든지 변화를 재촉한다. 그것은 단순한 변화가 아닌 창조가 기본에 깔려 있는 변화다.

따라서 가장 현명한 또 다른 한 부류는 적당한 시기에 기존에는 없었던 특별한 아이템과 차별화된 전략으로 새로운 것을 선보이게 된다. 기업은 제품을, 직장인은 새로운 프로젝트를, 식당 주인은 고객을 끌어들일 수 있는 새로운 메뉴나 서비스를 내걸고 공격적인 자세를 지향한다. 시대 변화에 적중하고 경쟁 상대가 없다면 성공 확률이 높을 수밖에 없다.

20여 년 전 S화장품회사는 남성 전용 화장품을 선보였다. 이때까지만 해도 국내 기존의 다른 화장품회사들은 남성용 화장품은 스킨과 로션, 향수가 전부라는 입장을 고수했다. 하지만 이 회사는 달랐다. 남성용 팩과 컬러로션을 출시했고 미백화장품을 선보였다. 이와 동시에 국내에서는 예쁜 남자 소위 '꽃남'이 매스컴을 통해 사회 전반적인 분위기를 주도하며 인기 있는 남성상으로 부각되고 전 세계적으로 패션에 민감하고 외모에 관심이 많은 남성층인 메트로섹슈얼이 패션계의 아이콘으로 나타났다. 당연히 성공할 수밖에 없는 일이었다. 이 회사는 여기서 그치지 않았다. 바디 제품, 클린싱 제품, 헤어 관리 제품들을 잇달아 출시하면서 내수시장에서 남성 전용 화장품의 최강자로 브랜드파워를 과시하고 있다.

틈새시장을 뚫고 빠른 성장을 거두고 있는 CEO들이 자주 거론하는 그들만의 공통된 생각이 있다. 기업이 성장하려면 변화가 필수이며 그 변화를 추구하려면 세상 전반에 걸친 새로운 움직임, 즉 조짐을 미리 읽고 그에 대처해야 한다는 것이다. 성공하는 기업, 장사 잘 되는 점포, 빨리 승진하는 사람은 뭔가 다르다. 그들은 앞으로 다가올 미래의 변화를 미리 감지하고 차별화된 변화를 미리 추구했으며 경쟁자들이 쉽게 따라올 수 없도록 신속하게 움직인다.

"나는 아직도 화려했던 추억 속의 그날에 갇혀 있는 것은 아닌지?"

스스로 반문해 보는 것은 반드시 필요한 일이다.

한 가지에만
주력해라

샘표식품은 대다수의 사람들에게 '샘표간장'으로 통한다. 1946년 창업한 이래 자그마치 71년째 간장을 얼굴로 내세우면서 대중들의 머릿속에 각인되었기에 간장 외의 식품도 생산하지만 여전히 '샘표식품'이라는 이름보다는 '샘표간장'이라고 말하는 이들이 부지기수다. 역사로 치자면 이 회사의 규모는 다른 그룹사들에 비해 작은 편이다. 하지만 이 회사는 많은 이들로부터 신뢰와 인정을 받는 기업으로 통한다. 창업자인 박규회 회장에 이어 박승복 회장이 회사를 지켰고, 현재는 3대 경영인인 박진선 회장이 바통을 이어받아 71년의 역사를 지녔지만 간장을 주 아이템으로 지켜오면서 식품산업에만 주력해 왔다. 국민들의 건강한 먹거리와 식문화를 위해 노력해 온 결과에 또 하나 깨끗하고 투명한 윤리경영을 실천해 왔다. 어느 회사들과는 다르게 사업 다각화를 통해 백화점식 경영을 하지 않았으며, 상속과 관련하여 자손들 간의 시끄러운 문제도 나타난 적이 없다. '유명 글로벌 기업'이라는 꼬리표가 부끄럽지 않은 이 회사는 장인정신 하나만으로도 존재 가치가 크고 소비자들에게서 존경받고 신뢰받는 기업으로 자리매김해 있다. 수백 년 동안 오직 한 길만 걸어온 일본의 중소기업들이 존경받는 이유도 마찬가지일 것이다.

옛 어른들은 '열두 가지 재주 가진 놈 저녁거리 간 데 없다'는 말을 자식들에게 했다. 기업만이 아니라 사람도 마찬가지다. 여러 가지 다 잘 하는 사람 없고, 여러 가지 일 벌여서 하는 일마다 성공한 사람이 드물고, 모든 분야의 만능 전문가 소리를 듣는 이가 없다.

"내게 관심이 있는 일이 없었다면 나는 매우 지루했

을 것입니다. 나는 일주일에 7일 일을 했으며, 일을 사랑했습니다."

2003년 1월 99세로 사망한 미국의 전설적인 삽화가 알 허쉬펠드(Al Hirschfeld)가 남긴 말이다. '화선(畵線)의 왕(The Line King)'이라는 별명까지 붙었던 그는 풍자 만화가로도 불렸는데, 무려 75년간 뉴욕타임스의 드라마·뮤지컬 비평란의 캐리커처를 정기적으로 그렸을 정도다. 젊은 시절 10년간은 뉴욕타임스에서 근무했고, 프리랜서로 활동하는 내내 뮤지컬, 연극, 영화 관련 인사나 극중 장면을 스케치한 작품으로 큰 명성을 날렸다. 지난 20세기에 뉴욕 브로드웨이에서 활동한 웬만한 배우나 연출가 중 그의 스케치 대상이 되지 않은 사람은 한 명도 없다고 했을 만큼 그의 활동과 영향력은 대단했다. 일생 동안 그가 그린 삽화는 약 만여 개에 달하는데 그는 미술 관련 정규교육을 받지 못하고 독학으로 이 자리에까지 올랐다. 그는 백 살이 되는 것을 불과 5개월 남기고 죽었는데 매일같이 오전 10시부터 오후 5시까지 한 손에는 붓을 들고 또 다른 한 손에는 쿠키를 들고 작업을 했다고 한다. 1996년 아카데미 후보상에 올랐던 다큐멘터리 영화 '화선의 왕(The Line King)'은 바로 허시펠드의 이야기다. 그는 한 가지에 인생을 투자하는 장인정신, 학력 없이도 좋아하는 일에 빠지면 성공한다는 것을 잘 보여준 현대인 중 한 사람이다.

현대사회에 들어 장인정신은 그 어느 때보다도 중요성을 더해 가고 있다. 전문가의 길을 걸어야만 성공이 보장되는 전문가만이 살아남는 시대가 도래한데다 기업 또한 해당 분야에서 최고가 되어야만 성공한 기업으로 인징받기 때문이다. 따라서 '한 우물만 파라'는 말이 성공의 지름길은 한 가지에만 몰두하는 것이라는 의미로 통한다. 문제는 장인정신이 요구하는 인내와 열정이 없이는 불가능하다는 것이다. 특히 전문기업, 전문가의 길을 고집하려면 처음부터 돈을 추구하다가는 십중팔구 도중 하차하기 마련이다. 갖은 고난을 이겨내야 한다. 10년, 20년은 기본이고, 30년, 40년 한 길을 걸어가려면 자신과의 싸움, 즉 인내와 신념이 여간 강해서는 어렵다. 하지만 철새처럼 이 직장 저 직장을 떠돌아다니다가 성공과는 멀어지는 인생을 사는 것 또 문어발식 사업 다각화를 꾀하다가 모든 것을 놓치고 마는 오류를 범하지 않으려면 가장 잘 할 수 있는 하나만을 선택하여 장인정신을 발휘하는 노력과 열정이 필요하다.

아무리 약한 사람이라도 단 하나의 목적에 자신의 온 힘을 집중한다면 무엇인가 성취할 수 있지만 아무리 강한 사람이라도 힘을 많은 목적에 분산시키면 어떤 것도 성취할 수 없다. - 샤를 몽테스키 외

나만의 무기를
쉽게 드러내지 마라

한 젊은이가 외국계 호텔에 인턴으로 입사했다. 계약 기간은 1년이었고 그는 인턴계약 기간 1년이 끝나면 귀국하여 관광업계에 취업을 할 작정이었다. 자신의 영어 실력을 테스트하는 한편 업그레이드시켜보고 해외 호텔업계의 노하우를 조금이라도 들여다보고 싶었던 게 인턴십을 택한 이유의 전부였다. 하지만 계약 기간이 끝날 무렵 호텔측으로부터 인턴 기간을 6개월 연장하자는 제의를 받는다. 그리고 그 기간이 끝나자 호텔측은 그를 정식 직원으로 채용했다. 이 호텔이 생긴 지 30년 동안 인턴이 정식 직원이 된 경우는 이 젊은이 외에는 없었다.

10여 년 전 당시 PIC 관의 엑티비티 수퍼바이저였던 젊은이의 얘기다. 그 무렵 그는 호텔 내 같은 부서의 60여 명의 직원들 중 고객들로부터 인기 1위의 직원으로서 10년 경력의 선배보다도 더 높은 연봉을 받는 능력 있는 직원이 되었다. 오죽하면 그 호텔의 총지배인은 새로운 직원이 들어오면 "당신도 그 직원처럼 되려고 노력하시오."라는 식의 조언을 아끼지 않는다고 한다.

그에게는 대체 어떤 병기(?)들이 그토록 많았던 것일까? 인턴 입사 당시 그가 갖추고 있던 것은 다른 인턴 직원들과 크게 다르지 않았다. 남들에 비해 다양한 스포츠를 좋아하고 잘 하는 편이라는 것, 특히 수영은 구조 역할도 가능할 정도로 잘 하는 편이라는 것뿐이었다. 오히려 언어 능력 면에서는 불리했다. 영어가 공용어인 곳이므로 초창기에는 국내에서 배운 영어와 현지 영어의 차이에서 오는 커뮤니케이션의 문제로 인해 고생을 하기도 했다.

그는 자신에게 다른 동료들과 다른 것이 있었다면 남들보다 5분 먼저 일을 시작했다는 것과 최선의 서비스를 실천해야 하는 직장 내에서 늘 웃는 모습으로 고객을 대했고 비싼 돈 들여 휴식과 레포츠를 즐기러 온 고객들이 적어도 '아까운 돈만 쓰고 간다'는 말이 나오지 않게끔 친절 봉사서비스를 적극적으로 실천한 것이라고 했다. 그리고 지난 7년 동안 단 하루도 결근을 한 적이 없다는 것이다. 부지런함, 근면함, 친절함 이 세 가지가 바로 보이지 않는 그만의 무기였던 것이다.

성공한 사람, 유능한 사람들 중에는 겉으로 보아서는 결코 그 사람의 장점이나 특기를 알아보기 힘든 사람들이 적지 않다. 어떤 이들은 자신의 장점을 보여주고 싶어 안달을 하거나 그것을 과시용 무기로 사용하기도 한다. 너무 지나쳐 보는 이로 하여금 역겨울 정도로 자기 잘난 맛으로 사는 이들도 있다. 하지만 장점이 많은 사람일수록 그들은 자신의 보따리를 아무데서나 쉽게 풀어놓지 않는다. 그들은 의도적으로 보여주려고 하지 않는다. 다만 일 속에서 그 장점이 하나둘씩 배어 나와 다른 이들로 하여금 그것에 감동하도록 해준다.

현명한 엄마는 아이에게 주려고 감춰놓은 과자가 몇 가지인지 어떤 것들인지 어느 곳에 있는지 절대 말하지 않는다. 아이가 숙제를 게을리하지 않고 심부름을 잘 하며 거짓말 같은 나쁜 짓을 하지 않는 한 결코 먼저 과자가 있다는 사실을 알려주면서 타협을 하려 하지 않는다. 진짜 간식을 주어야 할 때 또 아이에게 동기부여가 반드시 필요하다고 판단될 때, 즉 진정으로 아이에게 과자를 주어야 한다고 판단될 때 그때 선물과 같은 감동을 얹어서 아이에게 준다.

한 기업인이 기존의 제품과는 다른 획기적인 차량용 부품을 개발한 후 내수시장에서는 기업이나 브랜드 인지도가 낮아서 팔지 못해 발을 동동 구르다가 어느 날 중국의 바이어로부터 제품에 대한 상담 전화를 받았다. 이에 신이 난 사장은 샘플을 들고 곧장 중국으로 갔고 진지하게 상담을 벌인 후 샘플을 주고 돌아왔다. 하지만 일주일 후 그에게 한 통의 전화가 걸려왔는데 참으로 속상한 일이 벌어지고 있었다.

"사장님 지난번 만난 그 바이어가 샘플 제품을 어느 회사에 갖다 주었는데 곧장 수십 명의 연구 인력들이 달려들어 그 제품을 낱낱이 해체시켜서 자체 개발을 준비 중이랍니다."

비즈니스 상담할 때 통역을 맡았던 조선족의 전화를 받고 난 후 사장은 중국 바이어와의 접촉을 아예 중단해 버렸다고 한다. 사장은 중국의 기술력으로는 샘플만 가지고는 자체 개발이 쉽지 않은 제품인지라 그나마 다행이었다고 했다. 만일 합작 투자 등에 쉽게 응했다가는 기술 개발 노하우를 고스란히 빼앗기는 일이 발생했을 것이다.

현실을 정확하게
읽어라

'이도 저도 아니면 다 때려치우고 장사하면 되지 뭐'

퇴직 후 새로운 일을 찾는 이들에게 가장 매력적인 일은 창업이다. 하지만 소자본 창업에 뛰어드는 자영업자들의 성공 확률은 그리 높지 않다. 나름대로 성공 비전을 갖고 사업에 뛰어든 그들이다. 학력도 높고 사회 경력과 연륜도 있다. 그런데도 그들이 창업 후 1, 2년도 버티지 못하고 실패하는 이유는 무엇일까?

일부 전문성이 강한 분야에 있던 사람들은 관련 사업을 시작하기도 하지만 일반적으로 가장 많이 선택하는 창업은 식음료 관련 체인사업이다. 체인사업의 경우 전문 노하우 없이 접근하기 쉬운데다 부부가 함께 운영하기에도 좋은 특징을 지니고 있다. 다만 문제는 어떤 사업이든 창업에서 성공하기란 그리 쉽지만은 않다는 것이다.

한 음식점 체인본부 사장을 만나 인터뷰를 하던 중 "체인사업 하면서 가장 힘든 일이 무엇인가?" 하고 묻자 그의 대답은 의외였다.

"가장 힘든 거요? 체인점 남편들이지요. 여자들은 비교적 빨리 적응합니다. 하지만 남자들은 쉽지 않더라고요. 육십 넘은 나도 개점할 때는 매장에 찾아가서 앞치마 두르고 서빙도 도와주고 음식도 함께 만드는데 가장 쉬운 인사 하라는 것도 제대로 못한단 말입니다. 그 사람들 왜 그런 줄 알아요? 아직도 '내가 그래도 상무였는데', '한 달에 몇십 억 매출 올리는 중소기업 사장이었던 내가 어떻게……'라는 생각을 버리지 못하는 겁니다."

화려했던 과거 때문에 음식점 개점해 놓고 손님들한테 인사도 하지 않고 심지어는 "내가 왜 앞치마를 입어요?"라며 오히려 화를 내면서 카운터만 지키려는 사장이 한둘이 아니란다. 그런 사람들 만나면 더 도와주고 싶어도 도와주고 싶은 생각이 없어진다는 그는 요즘은 아예 부부 둘 다 앉혀놓고 서비스 실천에 대한 다짐을 받은 후에야 체인점 계약을 해준단다.

누구에게나 젊었던 시절, 잘 나가던 시절은 있다. 군에서 학교에서 수백 명을 가르치며 그들의 존경의 대상으로 인정받던 때, 직장에서 '부장님', '상무님', '이사님' 소리 들으면서 부하직원들로부터 늘 대우받으며 고개 숙이지 않고 일했던 날들이 있기 마련이다. 하지만 중요한 것은 현실이다.

바로 '지금 나는 어디에 서 있는가?'를 생각한다면 창업에 임하는 마인드와 자세는 분명 달라질 것이다. 현재 자신의 자리가 어디인지를 인정하지 않고 과거에만 집착한다면 40대에 시작하는 새로운 직업이나 사업은 100% 실패다. 일례로 음식점을 차렸을 때 고객은 내가 예전에 어느 그룹사 상무였다는 사실을 알지도 못하거니와 설령 안다 할지라도 그것은 특별한 일이 아니다. 고객들은 음식점 사장을 그 이상으로도 그 이하로도 보지 않는다. 서비스가 좋고 인상이 밝으며 음식이 맛있으면 고객들은 다시 찾아온다. 친구와 함께 공인중개사를 차려놓고 고객을 맞이할 때도 마찬가지다. 고객은 나를 통해 보다 좋은 집을 몇 백만 원이라도 저가에 구입하길 원할 뿐이다. 상대가 국가공무원 몇 급이었다는 사실은 고객에게 있어서 아무런 의미가 없다.

창업을 할 경우 과거 따위는 추억 속으로, 앨범 속 사진 속으로 묻어두어야 한다. 과거를 떠올리기보다는 현실을 직시하면시 현재의 자신에 충실해야 한다. 사업을 이끌면서 힘이 들고 자존심이 상한다는 생각이 들더라도 현재 자신의 모습에 스스로 행복을 느껴라. 또 목표를 정하고 그것을 수시로 인지하게 되면 자존심 정도는 버릴 수 있으며 늘 즐겁게 미소지을 수 있다.

창업시 가져야 할 자세

◆ 자신이 일해 온 전문분야가 아니라면 창업 전에 먼저 배워라.

◆ 창업 비용은 설령 실패가 올지라도 자녀교육과 생계유 지에 문제가 되지 않는 선에서만 투자해라.

◆ 지시형 말투나 행동을 버려라. 특히 군인, 교사, 간부 급(상무, 이사), 고급공무원 출신일 경우 더욱 조심해 야 한다.

◆ 남녀노소 불문하고 누구에게나 똑같이 서비스마인드 로 대해라.

◆ 몸만 굽힐 것이 아니라 얼굴 표정 또한 부드럽게 하고 밝은 미소를 지어라. 안 되면 사전에 거울을 보고 연습 을 하는 노력이 필요하다.

◆ 직원에게 맡기고 부업 개념으로 할 거면 아예 창업하 지 않는 쪽이 낫다.

적게 투자해서
많이 벌어라

서예산 독립영화의 성공은 굳이 이슈가 되지 않을
만큼 영화계에서 나름대로 자리를 잡은 듯 싶다. 여기
에는 한국 영화계에서 독립영화의 성공 가능성을 보여
주면서 화두가 되었던 '워낭소리'의 공을 빼놓을 수 없
을 것 같다. 이 영화는 늙은 소와 노인의 삶과 우정을
담담하게 그려내면서 중장년층은 물론이고 젊은층의
가슴까지 적셔주면서 300만 명에 달하는 관객을 모았
다. 197억 원의 매출을 올린 이 영화에 투입된 제작비
는 고작 1억 원. 제작비 대비 순이익으로는 2008년 최

고작으로 남았다.

외화 '블랙'은 2009년 개봉 이후 잔잔한 흥행 돌풍을 일으키면서 개봉 23일 만에 국내에서 '블랙'을 본 관객은 총 81만여 명에 달했다. 누적 매출액은 약 57억 원으로 6,000만 원에 수입해 57억 원을 벌어들였으니 약 100배의 매출을 올린 것이다. 수입사인 유니코리아가 마케팅에 쏟은 비용까지 합쳐도 지출은 약 12억 원. 결과적으로는 45억 원의 순이익이 발생했다.

언제부터인가 한국 영화계는 제작비를 많이 들인 영화들이 개봉 전부터 화젯거리가 되는 풍토가 생겨났다. 영화계 제작비현실에 대한 필름을 좀더 과거로 돌려보면 50억 원 이상을 들이고서도 본전을 빼지 못한 영화들이 적잖다. 일반적으로 일본 영화 한 편의 제작비는 20억~30억여 원 선. 우리나라 영화 평균 제작비는 50억 원으로 추정된다. 일본은 한국의 절반 수준이다. 일본의 인구 수가 우리의 3배이니 영화 시장 규모도 우리보다 3배 더 큰 셈이고 입장료가 우리의 2배에 달한다. 여기에 우리와 달리 일본은 부가판권 시장 수입도 만

만치 않아 이것저것 감안하면 일본 영화 시장 규모가 10배 이상 큰 편이다. 이런 모든 것을 감안하여 한일영화 제작비를 비교해 보면 우리나라 영화 제작비에 거품이 심각하다는 것쯤은 영화 비전문가도 알만한 일이다.

2천년대 초만 해도 평균 제작비가 15억 원 정도에 불과했던 한국 영화는 2008년 무렵 45억에서 50억 원 가까이 상승하더니 최근엔 100억 원 대를 넘는 영화들이 한두 편이 아니다. 한국 영화계의 가장 큰 문제점 중 하나는 바로 이 제작 비용의 거품이라고 지적하는 전문가들이 한둘이 아니다.

과연 영화만 이럴까?

기업이 신제품을 만들어 마케팅을 전개하기까지 엄청난 돈을 쏟아부었는데 인기 상품이 되지 못하고 시장에서 자취를 감추는 일은 비일비재하다. 유치원 때부터 영어 교육비만 100만 원 이상을 들이고 조기유학을 시켰지만 공부는 뒷전이고 유흥과 방황을 일삼는 젊은이들도 부지기수다. 경영이나 자식 교육도 마찬가지인 것이다. 돈만 쏟아붓는다고 해서 사업이 잘되고 자식이 잘되는 것은 아니다. 흔히 지나가는 말로 '쓴 만큼 번다'는 말은 그저 말일 뿐이다.

옛말에 '아이는 작게 낳아서 크게 키우라'고 했다. 사업이든 자식 교육이든 최소의 비용으로 최대 효과를 거두어야 한다는 경제 원칙에서 벗어나면 그것은 손해 보는 장사가 될 수밖에 없는 것이다. 소위 말하는 '남는 장사'는 경제 원칙과 효과를 염두에 두지 않고서는 실현 불가능하다.

기업에서 두 팀의 영업팀이 있는데 마케팅 비용을 동등하게 지급하고 팀원도 같은 수로 구성케 하여 한 달간 영업 실적을 냈을 경우 분명 한 팀이 다른 한 팀보다 더 많은 매출을 올리게 된다. 마케팅 방법과 팀원들의 팀워크, 그리고 개개인의 능력에서 그 차이는 나타나기 마련이다.

재테크도 마찬가지다. 1,000만 원을 투자하여 2억 원을 버는 사람이 있는가 하면 1,000만 원으로는 큰 돈 벌기가 어렵다고 여겨 처음과 그 다음에 1억 원씩 더 투자하여 결국에는 2억 원을 투자하고서도 수익을 내

기는커녕 원금 확보도 어려운 상황이 되는 사람도 있
다. 1,000만 원을 투자하여 2억 원을 번 사람의 경우 이
를 테면 1,000만 원으로 자판기 6대를 구입하여 매월
2,500여만 원의 수입을 창출하여 그 수입으로 다시 자
판기를 사들여 사업을 확대시키는 방식을 택했다면 얼
마든지 정상적인 방법을 통한 수익 확대가 가능하다.
이는 다시 말해 적의 땅에 들어가 현지에서 군용물자
를 확보하게 하는 방식인 셈이다.

　기업, 사회, 가정, 자기 자신 등 모든 경영에 있어서
쏟아붓기식의 무리한 투자는 화를 불러올 뿐이며, 적
당한 적은 투자로 최대의 수익을 얻는 사람만이 성공
적인 결과를 낳게 된다.

속공으로
승부해라

배구에서 속공은 가장 강력한 공격 무기다. 70~80년대 한국, 일본 등 동양 배구의 특징은 속공이었고 그중에는 세 가지 타입이 있다. 세터와 공격수 간의 거리에 따라 분류되는데 일반적으로 A속공은 1m, B속공은 2m, C속공은 3m 정도의 거리를 두고 이뤄지는 빠른 공격이다. 배구 전문가들은 한동안 속공이 아닌 고공에 치우쳤던 우리 배구가 최근 몇 년 사이에 C속공으로 전환했다고 한다.

신생 벤처기업들의 전략은 바로 속공이다. 남다른 아

이디어로 정확하고 빠른 속공을 해야만 기업은 성장의 기틀을 마련하며 후발주자들의 추격을 따돌릴 수가 있기 때문이다. 요즘처럼 급변하는 기업 환경은 더욱더 속공을 중요하게 만들고 있다. 기회를 노려 제때에 시장 공략을 하지 못하면 아무리 특별한 제품이라 할지라도 시장에서 퇴출당하기 마련이다. 기업들이 시시각각 신제품을 내놓고 신속하게 마케팅을 추진하는 것도 바로 그 이유에서다.

전쟁을 치를 때도 마찬가지다. 전쟁이 장기전으로 가면 부상자만 많이 나오고 비용이 많이 투입되므로 설령 승리한다 할지라도 그다지 효과적인 승리는 아니라는 손자의 병법 중 하나인 其用戰也貴勝, 久則鈍兵挫銳, 攻城則力屈, 久暴師則國用不足(기용전야귀승, 구즉둔병좌예, 공성즉력굴, 구폭사즉국용부족)과 제대로 맞아떨어지는 셈이다.

만일 미국의 대통령들이 손자병법의 이러한 지혜를 참고했다면 좋았을지도 모른다.

미국 역사상 최악의 날로 기록된 9·11테러에 대한 보복이자 '테러와의 전쟁'을 알리는 신호탄으로 시작된 탈레반과 미국의 싸움은 20년 가까이 천문학적인 비용을 치르면서 미국-아프가니스탄 전쟁을 했지만 2021년 아프가니스탄이 탈레반 점령하에 들어가고 미군 철수를 하면서 일단락되었다.

미국과 나토군은 아프가니스탄 전쟁을 승리로 이끌기 위해 10만 명 이상의 병력을 파견했지만 결과는 효과적이지 못했다. 부시 전 대통령은 재임 시절 "우리는 이 전쟁에서 결코 지치지 않을 것이고 주저하지도 않을 것이며 패배하지도 않을 것"이라고 천명했지만 여전히 끝나지 않은 아프가니스탄 전쟁은 지구촌 수많은 사람들로부터 '침략 전쟁' 내지는 '지구촌 평화를 깨트리는 전쟁'이라는 비난을 받고 있는 중이다.

신선한 아이디어를
추구해라

　요즘 지방의 소도시나 군에서 열리는 축제가 인기몰이를 하는 사례가 속속들이 나타나고 있다. 그중에서도 대표적인 축제가 1999년부터 시작된 전남 함평의 나비축제다. 산업자원이나 관광자원이 없는 전형적인 농촌지역인 함평이 나비축제로 유명해진 것은 함평천에 마련된 넓은 고수부지와 유채꽃만으로는 경쟁력과 차별화를 가져올 수 없어서 나비를 테마로 축제를 기획하였다. 이제는 전국에서 찾을 정도로 유명해졌고, 축제장 내 농·특산물 판매도 큰 매출을 올려 군민에게 소득

이 돌아가는 축제가 됐다고 한다.

함평나비축제는 대한민국의 대표적인 축제로 자리 잡았으며, 기업이나 다른 행정기관의 벤치마킹 대상이 되고 있다. 단순히 아이디어를 내놓는 것에 그치지 않고 이를 눈에 보이는 구체적인 현실로 만들 줄 아는 끈질김과 추진력을 갖고 있는 이석형 군수는 평양에 가서 대동강 물방개를 공수해 오기도 했다. 전남 지자체장 가운데 최장수 군수로 재직했으며 '스타 군수'로 떠올랐다.

신선한 아이디어 하나가 위력을 발휘하는 일은 수없이 많다. 10여 년 전 (주)데카시스템은 GPS 골프거리측정기 제조회사로 '골프버디' 단일 품목으로 1,400만 달러의 실적을 올렸고, 청평댐을 만들 때 생긴 남이섬은 2016년 기준 연간 330만 명, 외국인만 130만 명 이상이 방문하는 인기 관광지가 되었다. 최근에는 일본, 중국, 동남아만이 아니라 북미, 유럽, 중동에서도 관광객이 올 정도다. 이외에도 우리의 작은 중소기업에서 세계가 놀랄 만한 히트상품을 내놓는 사례가 늘어나고 있다.

요즘 우리 사회의 최대 화두는 '창의'다. 수많은 학자와 기업인들이 창의력 있는 개인, 창의력 있는 사회, 창의력 있는 기업만이 미래 생존력과 경쟁력을 가진다고 말한다. 때문에 신입사원을 채용하는 기업들의 공통된 인재 발굴 체크사항은 '창의력'이다. 아이디어는 창의력에서 나오며 그것은 기업을, 나라를 먹여 살리는 가장 든든한 무기가 된다. 기업도 지자체도 학교도 창의력 있는 사람을 찾고 있는 이유가 바로 그 때문이다.

남이섬을 히트 관광상품으로 만든 강우현 대표는 상상을 현실화하는 게 쉬운 일은 아니지만 '가능성을 믿으면 상상은 현실이 된다'고 믿는 사람이다. 공감이 가는 얘기다. 아이디어는 자유로운 상상에서 시작되며 상상이 현실에 접목되어 소비자들의 호응을 얻을 때 그것은 히트상품이 되는 것이다.

그렇다면 신선한 아이디어를 탄생시키는 사람들에게는 타고난 특별한 기질이 있는 걸까? 아니다. 도전과 노력만 있으면 아이디어가 탄생하고 신제품이 만들어진다. 다른 말로 표현하면 아이디어의 주인공은 누구든지 될 수 있다는 얘기다.

국내 최장수 기업이자 최초의 제약회사인 동화약품은 지금으로부터 120년 전인 1897년 고종이 대한제국 황제로 즉위하던 해에 궁중비방과 서양식 제조 기법을 접목한 우리나라 최초의 신약이며 양약인 '활명수'를 개발했고, 이를 대중화시키기 위해 동화약방(현 동화약품)을 설립하였다. 미국 리바이스가 1850년에 만든 501이라는 청바지가 지금도 계속 나오고 있고, 프랑스 루이비통이 1854년에 내놓은 모노그램캔버스 가방도 아직까지 히트상품인 것처럼 활명수는 여전히 대한민국 대표 소화제로서의 자존심을 지키고 있다. 동화약품의 윤도준 회장은 기업가 정신의 핵심이 신제품 개발에 대한 도전과 신뢰에 있다고 강조한다. 히트상품은 아이디어에서 시작되며 제품 개발은 곧 도전 정신인 것이다.

신선한 아이디어에 도전하라. 그리고 노력해라. 그것이 어느 사회에서든 성공을 이끄는 리더의 몫이다.

철저하게 준비한 후
뛰어들어라

옛말에 '홧김에 서방질 한다'는 말이 있다. 정확한 판단 없이 마음만 앞서서 일을 먼저 저지르고 뒷수습이 안 되어서 갈등하고 괴로워하는 이들이 적지 않다. 새로운 도전을 필요로 하는 사람에게는 때로는 일을 저지를 줄도 알아야 한다고들 말한다. 하지만 이는 어디까지나 새로운 선택이나 도전을 감행해야 하는 입장인데도 불구하고 용기가 없어서 선뜻 나서지 못하는 상황에 처한 사람들에게나 필요한 얘기다. 도전 자체는 좋지만 준비 없이 무작정 뛰어드는 것은 자칫하면 무모한 일이 될 수 있기 때문이다.

직장을 다니다 창업을 하든 공부를 더 하기 위해 유학을 가든 나름대로 자신의 목표를 이루기 위해 필요한 사전 준비는 필수다. 취업이나 결혼도 마찬가지다. 단지 지금 당장 나에게 필요하므로 서둘러서 일 먼저 저지른다는 식의 도전은 자제해야 한다.

소상공인 창업 컨설팅 및 상담사를 대상으로 실시한 한 조사 결과에 따르면 창업 실패 및 성공 요인에 대한 설문조사한 결과 응답자의 29.5%가 '철저한 준비 기간 부족'을 창업자들이 사업에 실패하는 가장 큰 이유로 들었다. 이어 경영자의 경영 의식 부족, 사업아이템 선정의 실패, 입지선정 실패 등이 창업 실패의 주된 이유였다.

창업 이전에 '전쟁 시나리오'와 같은 면밀한 사업 계획을 수립할 것과 과거의 사고와 관습에서 탈피해 사업가로서 새로운 출발을 한다는 각오로 사업을 시작해야 한다. 또한 아이템 선정에서는 자신의 경험 및 적성을 먼저 고려한 후 철저한 시장조사를 해야 하고, 입지에 대해서도 점포의 위치는 물론 주변 상권과의 조화·

유동 인구·소득 및 소비 수준·교통 및 주변 도로 상황까지 조사한 후 결정해야 한다. 때문에 예비 창업자들은 최소한 5, 6개월의 창업 준비 기간을 거쳐야 하며, 창업 준비 기간 동안 해야 할 가장 중요한 과정 중 하나는 관련 업종에서 일정 기간 종업원으로 근무하면서 관련 업무를 숙지하는 것이다. 하지만 적지 않은 예비 창업자들이 성급하게 결정한다. 또 창업하면 돈이 저절로 벌리는 줄로 착각한다.

　창업만이 아니라 결혼이나 이직도 마찬가지다. 결혼 전 연애시절 다수의 연인늘은 서로 사랑하기 때문에 결혼하면 어떻게 해서든지 잘 살 수 있을 것이라는 막연한 환상을 갖는다. 하지만 결혼 후 출산, 자녀 양육 등으로 이어지는 가정을 꾸리고 지키는 과정이 그리 쉬운 일만은 아니다. 대다수의 기혼여성들은 결혼 후 살아가는 동안 경제적인 문제에 많은 비중을 둔다. 그녀들은 결혼 전에는 남편이 될 상대의 외모나 성격, 애정의 정도 등에 많은 비중을 두었지만 결혼 후에는 달라진다. 다시 말해 이상과 현실은 다르다는 얘기다.

성격이 급한 사람들의 경우 이직에서 실패하거나 퇴직 후 일자리를 찾지 못해 힘든 기간을 보내는 이들도 많다. 직장 내에서 상사로부터의 시달림, 일과 적성의 불일치, 회사나 CEO에 대한 불만, 연봉에 대한 불만 등 퇴사 이유는 다양하다. 한 직장만 평생 다녀야 성공한다는 법칙은 없다. 오히려 자신의 능력에 맞는, 또 성공 가능성이 높은 회사로 점프를 해야만 유리하다. 다만 이직을 위한 준비를 전혀 하지 않고 한순간에 사표를 던지고 퇴사하는 경우 이는 고생이나 실패를 자초하는 일이라는 것이다. 최소한 이직을 위해서는 몇 개월 동안 어느 분야로 어느 회사로 옮길 것인지 준비를 해야 한다. 자신의 능력이 아무리 뛰어나다 할지라도 자신이 희망하는 조건의 근사치에 맞는 회사를 선택하고 또 회사 측으로부터 합격을 받기까지는 다양한 변수도 따르고 그로 인해 시간도 소요되기 때문이다.

어느 한 여인이 이혼법정에 섰다.

"저희 애기 아빠는 명문대 출신으로 머리도 좋고 매사에 적극적이고 부지런한 사람입니다. 그런 장점이 결혼을 하는데 크게 작용했습니다. 하지만 애 아빠는 일을 저지를 줄만 알지 수습을 못합니다. 결혼 후 5년 동안 저희는 맞벌이로 2억 원의 돈을 모았습니다. 정말 아끼고 살면서 모은 돈입니다. 빌라 한 채를 구입했는데 어느 날 남편이 직장을 그만두고 사업을 한다고 했습니다. 담보 대출을 받아 사업을 시작했는데 6개월도 못가서 문을 닫았습니다. 그 후 다시 회사에 들어가라고 권유했지만 남편은 또 다른 사업을 벌였고 마찬가지로 몇 개월 가지 못해 실패했습니다. 결국 우리는 집도 잃었습니다. 하는 수 없이 친정에 들어가 살면서 다시 직장생활하면서 돈을 모으자고 달랬습니다. 저는 아이를 친정어머니에게 맡기고 직장을 다녔지만 남편은 여기저기 돌아다니며 동업자만 찾으러 다닌 지 벌써 1년이 지났습니다. 남편은 늘 무언가를 진지하게 준비하여 시작하지 않고 일부터 저지릅니다."

이유를 들어보면 그럴 만도 하겠다 싶다. 가난은 죄가 아니다. 직장을 그만두고 창업을 하는 것도 잘못된 일만은 아니다. 다만 철저한 준비도 없이 무모한 도전을 감행하는 것은 어리석은 일이고 인생의 성공을 점점 멀어지게 하는 것이다. '실패를 해본 자만이 성공의 기쁨을 누릴 수 있다'는 말은 그다지 아름다운 말이 아니다. 우리의 삶이 몇 백 년 사는 것도 아니라는 것을 생각한다면 사치스러운 말일지도 모른다. 반복된 실패로 몸과 마음이 다 지친 상태에서 성공한들 무슨 소용이 있겠는가? 이왕이면 실패하지 않고 성공하는 것이 훨씬 가치 있고 소중한 것이 아닐까.

내일에 대한 준비로 가장 좋은 것은 오늘에 최선을 다하는 것이다. - 잭슨 브라운 주니어

노하우를
쌓아라

　싱공하는 직상인은 전문 분야를 선택하여 먼저 선배들로부터 배우면서 경력을 쌓고 그후에는 자신의 역량을 최대한 발휘하여 자기만의 노하우를 축적한다. 다음은 기업에서 인정받는 인재가 되어 고속 승진을 추구하거나 더 나은 회사로 이직을 한다. 또 그 노하우를 무기로 직접 기업을 창업하여 성공을 일군다.

　기업도 마찬가지다. 처음에는 작은 개인사업에서 출발하여 중소기업이 되고, 꾸준히 노하우를 축적하여 글로벌 일류상품을 만들어내면서 규모도 커지고 내실도

다지게 된다. 나에게만 있는 특별한 비밀 병기인 노하우(know-how)는 개인이나 기업이나 경쟁력이자 발전적인 미래를 지속적으로 이끌어가는 무기가 된다.

철공소 직공이었던 젊은 청년 임정환 사장이 1960년 창업한 '명화금속'은 철재 빔을 연결하는 나사 하나로 세계 시장을 석권한 성공 중소기업의 대명사로 통한다. 2001년 세계일류상품(산업자원부)으로 선정된 '명화금속'은 지적재산권만 180여 건을 보유하고 있으며, 경쟁사에 비해 3배가 넘는 생산 능력을 갖고 있다. 나사 하나로 외길 60여 년을 걸어온 결과다. 대기업도 아닌 중소기업이 이처럼 많은 지적재산권을 보유하기까지는 긴 세월과 남다른 노력이 병행되었기에 가능했을 것이다.

요즘 현대인들은 인터넷 속도만큼이나 빠르게 무엇이든 빨리빨리 이루려고 하는 속성이 강하다. 하지만 빨리 가면서 노하우도 많이 쌓을 수 있는 방법은 흔치 않다. 이는 젊음이나 열정만으로는 안 된다.

적당히 시간적 투자와 자신의 역량을 업그레이드시키는 노력이 뒤따르지 않으면 사람도 기업도 성공이라는 열쇠를 거머쥘 수가 없다. 설령 빠르게 성장하였다 할지라도 그 성공은 모래 위에 지어진 화려한 집처럼 언제 어느 순간에 무너져 내릴지 아무도 모를 일이다.

우리는 그간 기초공사와 뼈대가 탄탄하지 않은 다리와 쇼핑센터와 아파트 등이 우르르 무너지고, 너무 빨리 샴페인을 터트린 기업들이 부도를 맞고, 과정과 노하우 없이 행운만 거머쥔 유명 연예인들이 한순간 TV에서 자취를 감추는 모습을 일일이 지켜보았다.

인생은 '반짝 스타'의 삶과는 엄격히 차별화되어야 한다. 중년 이후의 삶이 사상누각처럼 되어서는 안 된다. 노하우가 쌓이면 쌓일수록 미래는 흔들리지 않고 보장받는다. 노하우가 강한 기업이나 개인은 갑작스러운 위기에 추락하거나 쓰러지는 일이 없다.

1886년에 법적인 위상을 갖게 된 제네바 홀마크는 전 세계 제조업에서 가장 오래된 전문 인증 마크로 알려진다. 완벽한 시계의 심벌로 여겨지고 있는 이 마크는 기원을 표시하는 라벨이지만 곧 고품질을 보장하는 특별한 인증이며 명품 시계의 고장 스위스의 자존심이기도 하다.

성공하고 싶다면 자문해 보자.

'나 자신을 명품으로 만들려면 과연 얼마나 걸리고 얼마나 많은 노하우를 쌓아야 할까?'에 대하여. 이 정답을 안다면 당신은 이미 명품 인생을 살고 있을 것이다.

세상은 고통으로 가득하지만, 그것을 극복하는 사람들로도 가득하다. – 헬렌 켈러

돌아가는 게
빠를 수도 있다

　사람들 중에는 인생에서 직선만을 고집하는 이들이 적지 않다. 곡선으로 가면 뭔가 큰일이라도 일어나는 것처럼 여긴다. 경쟁을 피해 남이 가지 않는 길을 가는 것을 생각해 보지 않는다. 오로지 남들이 다 선호하는 길 그 길만을 택한다. 단순하게 생각하고 창의력이 없기 때문이다. 때로는 우회하여 갈 때 성공은 훨씬 빠를 수도 있다.

　진학도 취업도 기업 운영도 매한가지다. 때로는 직선보다는 곡선을 택해 볼 필요가 있다.

자녀의 성적이 중상위권인데 손재주가 있고 요리를 좋아한다면 무조건 인문계고등학교만 고집할 일이 아니다. 차라리 조리 관련 특목고에 입학할 수 있도록 지원하는 것이다. 자신이 좋아하는 공부를 하게 되면 학습 효과는 매우 높게 나타난다.

비근한 예로 중학교 시절 실력이 뛰어나지 못했던 사람이 제과 제빵 고등학교에 들어가 모범생이 되고 좋은 성적을 얻어 자격증을 취득한 후 대학에 입학하지 않고 현장에 취업하여 실력을 쌓았다. 중간에는 외국의 경연 대회에 가서 상도 받아 돌아왔다. 20대 후반이 되자 대학의 관련 학과 특차전형에 합격하여 야간으로 대학을 졸업하자 공부에 욕심이 더 생겨 석사학위에도 도전했다. 실무를 먼저 쌓아서인지 이론 공부는 의외로 쉽고 재미있었다. 석사학위를 마친 시점은 35세 되던 해이다. 전문대학 관련학과에서 교수로 초빙을 받았고, 40대가 되어서는 전임교수 자리를 얻게 되었다. 인문계고등학교를 졸업하고, 대학, 대학원으로 이어지는 직선코스를 선택했다고 치자. 과연 이러한 길을 걸었을 때 그가 나이 40에 전임교수가 되었을까?

우리나라 80% 이상의 학부모들은 여전히 중학교-외고나 과학고 아니면 인문계-명문대-유학 또는 대기업 취업으로 이어지는 각본에 짜여진 듯한 직선 코스를 선호한다. 참으로 안타까운 일이 아닐 수 없다.

직장도 마찬가지다. 대학졸업장, 유명기업 명함 이 두 가지가 단기적으로 볼 때는 대한민국 땅에서 안정된 삶을 유지하는데 큰 영향력을 지니는 것만은 사실이다. 하지만 그 두 가지가 한 사람의 인생을 성공으로 이끌어가는 필수조건은 아니다. 고졸 학력만으로도 막강한 기업의 사장이 되기도 하고, 명문대 출신이 아니어도 매스컴의 플래시 세례를 받는 유명인들이 한둘이 아니다. 대기업에 들어간다고 해서 평생 보장된 밥그릇을 받는 것은 아니다.

언제인가 금융권에서 정년을 1년 남겨두고 미리 퇴직한 후 택시기사로 실버 시대를 개척하는 어느 유명 CEO와 인터뷰를 한 적이 있다. 그는 말했다. "한 평밖에 안 되는 좁은 공간이지만 잔소리하는 사람도 없고 잔소리 해야 할 대상도 없고, 쉬고 싶을 때 쉴 수 있고 일하고 싶을 때 일할 수 있는 택시 드라이버 인생이 너무 행복하다."고. 그 전직 CEO가 퇴직 후 정계 진출이나 기업의 고문으로 갔다면 어떠했을까. 매스컴에 얼굴은 여러 번 나왔을지 모르지만 마음은 지금처럼 행복하지만은 않을지도 모른다.

기업이라고 다를까? 남들이 가는 똑같은 방식으로는 성공하기 힘들다. 디지털카메라 케이스를 만들어 60%를 수출하는 디카팩의 경우 초창기 내수시장에서의 호응을 기대하기 어렵다는 판단하에 해외시장을 먼저 공략했다. 해외시장에서 날개 돋친 듯 팔리자 내수시장에서는 저절로 품질력을 인정받게 된 케이스다.

자고로 성공을 꿈꾸는 직장인이나 리더라면 물질만능주의와 좀비족들이 만들어놓은 이 사회의 잘 못 짜여진 사회 진출 방정식으로부터 벗어나야 한다. 창의력을 기반으로 생각을 바꾸고 가는 길을 달리하면 생각하는 목표를 오히려 빨리 이룰 수 있다. 그리고 더 큰 목표를 향해 탄탄대로를 달려가게 될 것이다. 단 남들이 가지 않는 새로운 길을 가려고 할 때는 꼼꼼한 사전 정보 습득과 도전의식이 필수다.

전력을 다하여 자신에게 충실하고 올바른 길로 나가라. 참으로 내 생각을 채울 수 있는 것은 나 자신뿐이다. 나를 변화시킬 수 있는 건 오로지 나뿐이다. – 우렐리우스

목숨 걸고
달려들어라

꽤 잘 된다고 하는 기업체 사장들이나 사회적으로 유명해진 인물을 만나 인터뷰를 할 때 성공하기까지는 어떤 일들이 있었는가를 묻는 것은 기본이다. 특히 가장 힘들었을 때는 어떤 상황이었고 어떻게 극복했는지를 묻는다. 이럴 때 기업인들에게서 가장 많이 듣는 답이 있다.

"사실 자살하려는 생각도 했어요. 결국에는 죽기 살기로 했죠."

채권자들이 집과 사무실에 딱지를 붙여놓아서 오갈데가 없는 상황이다 보니 가족들을 처가로 피신시켰다는 사장도 있고, 자살을 시도했다가 마음을 돌이켰다는 사장들도 있다. 한편으로는 저렇게 힘든데 왜 사업을 택했을까? 라는 생각도 들고, 다른 한편으로는 CEO는 카리스마, 자신감, 과감한 선택과 추진력과 같은 것도 중요하지만 사업에 모든 것을 다 거는 그야말로 목숨 거는 도전이 없이는 성공이 불가능하므로 그 열정이야말로 대단한 것이라는 것을 느끼곤 한다.

열정을 불태우는 사람들은 기업인만이 아니다. 50대 후반의 장년이 뒤늦게 석사학위를 마치고 박사학위 과정을 밟는가 하면 60대, 70대의 시니어들이 대학에 입학하기도 한다. 만학도들의 공통점은 열정이다. 그들이 나이 들어 공부하는 것은 돈을 벌기 위해, 좋은 직장을 얻기 위해서가 아니다. 젊었을 때 못다 한 공부를 뒤늦게나마 함으로써 자기 만족과 새로운 지식 충전을 통한 사회봉사 등에 목적이 있다.

최근 우리 사회는 취업난이 비중이 큰 사회 문제 중의 하나다. 다들 어렵다고들 말한다. 하지만 이런 상황에서도 열정만 강하다면 얼마든지 돌파구는 있다는 게 인생 선배들의 조언이다. 취업 준비생들은 나름대로 저마다 최선을 다했지만 취업에 실패했다고 말한다. 과연 그들은 열정을 다 불살랐는가? 때로는 소위 '운'이라고 하는 기회가 주어질 때가 있다. 자신은 기대하지 않은 행운이 찾아오는 경우다. 그러나 운이 올 때를 막연히 기다리거나 운이 없어서 실패했다는 말은 자기 변명에 불과하다. 운은 그저 운일 뿐인 것이다. 차라리 열정의 에너지를 스스로 만들어보는 게 어떨까?

영국 햄프셔주 페어럼에 살고 있던 29세의 청년 데이비드 로즈는 한 광고 회사에 입사 원서를 제출했다가 세 번 연속 실패의 쓴잔을 마셨다. 광고회사 사장에게 와인 병으로 장식한 이색적인 자기 소개서를 보내는 등 입사를 위해 다양한 노력을 기울였지만, 어떤 이유에서인지 회사 측은 그를 채용하지 않았다. 그러자 그는 '최후의 방법'을 찾아냈다. 회사 앞 땅을 빌려 자신을 소개하는 그림과 내용이 담긴 '대형 간판'을 설치한 것이다. 간판에는 자신의 어린 시절 사진과 함께 회사에서 일을 하고 싶다는 간절한 내용이 담긴 문구를 새겼다. 그 광고회사 간부들, 매일같이 로즈의 얼굴과 소망이 담긴 광고판을 지켜볼 수밖에 없게 되었고 로즈의 열정에 놀랄 수밖에 없었다.

이 정도의 열정을 지닌 청년이라면 기회는 주어지기 마련이다. 설령 회사가 원하는 수준의 능력이 안 된다 할지라도 도전정신이 강한 사람은 입사 후 스스로 배우고 몰두하는 열정이 남다르기 때문에 경영자로서는 선호할 수밖에 없다.

도전은 나이나 성별, 학력과는 무관하다. 공부, 사업, 취업, 사랑 모든 것에서 도전은 필수며, 결실을 이루는 데 필요한 에너지는 열정과 노력이다. 목숨 걸고 파고드는 노력은 능력의 한계를 극복할 수 있는 아주 강렬한 비타민이며 능력을 한결 더 강하게 만들어주는 요소다.

어느 기업인이 말했다.

"인생이라는 기차에 기름을 끝없이 부어주어야 한다. 기름이 떨어지거나 부족하면 기차는 도중에 멈추거나 느린 속도로 갈 수밖에 없으니까. 그런데 그 기름은 혼신의 노력을 기울일 때만 생성되는 정열이다."라고.

흐린 날이 가면
개인 날이 온다

'인생 살다 보면 흐린 날도 있고 또 흐린 날 지나면 개인 날도 오기 마련이다'

어렵고 힘든 시간을 보낼 때 부모나 인생의 선배들이 위로이자 조언 차원에서 자주 들려주는 말 중 하나다. 그저 그런 위로의 말처럼 들릴 수도 있지만 명언 중의 명언이 아닐까 싶다. 인생이란 길을 걷다 보면 실제로 그렇기 때문이다. 적어도 나이 40을 넘은 사람들이라면 한두 번쯤은 실제 인생살이를 통해 절망과 새로운 도약의 시간을 경험하기 마련이다.

최근 들어 20, 30대 청년실업자들이 늘어나면서 사회적인 이슈가 되고 있다. 바늘구멍 같은 취업문을 통과해야 하는 막막한 현실에서 적지 않은 젊은이들이 절망하기도 하고 구직을 포기하기도 한다. 절망은 누구나 경험한다. 다만 그것이 한시적인 절망이어야만 한다. 20, 30대 젊은층이 취업문 앞에서 절망적인 심정에 처해 있다는 것에 공감이 가고 이해가 된다. 단 그 절망감으로부터 빨리 벗어나는 길만이 자신의 인생을 스스로 이끌어가는 길이 된다. 또 대기업이나 자신이 원하는 대우를 받을 수 있는 직장만이 전부라고 여기고 절망하고 있다면 길은 여러 갈래이니 다시 한 번 생각을 바꾸어서 도전해 보아야 할 일이다.

변화 관리 전문가이자 작가로 활동중인 컨설턴트 구본형씨는 예전에 한 라디오 프로에 출연하여 이런 말을 한 적이 있다. 구씨는 첫 직장에 들어간 딸에게 "바닥에서 박박 기어라. 그리고 늘 웃어라. 웃는 하루가 좋은 하루다."라고 문자 메시지를 보내주었다고 했다. 또 그는 젊은 세대들에게 대기업과 공기업만 선호할 일이 아니라고 했다. 중소기업일지라도 자신에게 아무 도움이 없는 곳에서 내가 시키는 일만 하고 있다면 그 절망감이라고 하는 것이 너무 크므로 일단 자신이 쌓고 싶은 분야에 들어가서 보수가 좀 모자라더라도 열심히 배우면 몇 년 지난 다음에는 훌륭한 전문가로 성장할 수 있다는 생각을 가졌으면 좋겠다고 조언했다.

구씨의 조언에 100% 찬성이다. 회사의 규모와 인지도가 한 개인의 인생을 책임져 주지 않는다는 사실을 잊어서는 안 된다. 중소기업에 입사하여 10여 년 넘게 전문 분야의 실무지식을 쌓고 경영노하우를 익힌 후 업계에서 손꼽히는 전문가로 거듭나거나 창업을 하여 성공가도를 달리는 기업인들이 한둘이 아니다.

대학에서 섬유공학을 전공했던 L씨는 졸업 후 7년간 대기업에 다니다가 회사 측과 궁합이 맞지 않아 창업한 지 2년밖에 안 된데다 종업원이 고작 10명이던 회사에 엔지니어로 들어갔다.

회사 위치도 천안 지역의 농촌이어서 가족과 함께 이사를 해야 하는 부담도 따랐다. 20여 년이 지난 지금 L

씨는 직원 수가 200여 명으로 불어났고 연간 매출 700억 원대를 올리는 탄탄한 중소기업의 전무가 되어 있다. 그는 반도체 장비 관련 실무기술 부문의 몇 안 되는 전문가 중 한 사람으로 회사가 절대 놓아주지 않는 핵심인물이다. 현재 50대 후반인 그가 그때 이직을 하지 않았다면 지금은 대기업에 남아서 상무나 전무가 되어 있을까?

수많은 사람들이 절망의 늪에서 벗어나 희망을 찾았다. 노숙자에서 유명 CEO가 된 사람, 교통사고를 당해 목 아래 부분이 완전히 마비됐지만 강인한 재활의지를 통해 휠체어에 연결된 '입김으로 작동되는 마우스'에 입을 갖다 대며 강의를 하는 명문대 교수, 순간의 사고로 전신 화상을 입고 11번의 대 수술을 거치면서도 삶의 희망을 발견하고 유학 중인 여성 등등 절망에서 희망으로 옮겨간 사람들은 그야말로 셀 수 없이 많다.

이런 사람들 앞에서 취업 때문에 몇 년씩 절망하고 방황하는 이들의 모습은 자칫하면 사치스러운 것으로 비춰질 수도 있다.

좌절이나 절망을 즐길 필요까지는 없다. 다만 오랫동안 빠져서는 안 되며 반드시 벗어나서 새로운 길을 찾아야 한다. 누구에게나 올 수 있는 일이고 수없이 많은 사람들이 지금 이 순간도 겪고 있는 것이 절망이다. 하지만 절망의 끝을 희망으로 만들어내는 것은 각자의 의지에 달려 있다. 오늘의 절망이 내 것이라면 내일의 희망도 내 것이라는 긍정의 사고와 도전 정신은 우리의 젊은 세대들이 반드시 명심해야 할 인생 테크닉 중 하나다.

그 어떤 희망이든 자신이 품고 있는 희망을 믿고 인내하는 것이 인간의 용기이다. 그러나 겁쟁이는 금새 절망에 빠져 쉽게 좌절해 버린다. - 에우리피데스

chapter 3

어떤 특별한
리더가
될 것인가?

가정, 기업, 사회 조직 그 어디서든지 리더의 입장에 서는 것은
자신의 능력을 인정받는 무대에 서는 것이다.
리더는 누구나 될 수는 있지만 인정은 아무나 받지 못한다.
학력과 돈으로 인정받는 시대는 지났다.
능력을 바탕으로 러더십을 발휘해라. 냉정과 열정의 깊이를
헤아리고 카리스마를 발산하라.
리더십은 존경을 불러오고 성공을 만들어준다.

마인드를 정확하게
각인시켜라

　서울특별시 동작구 대방동 49~6번지에 자리한 유한
양행 사옥 1층 로비에는 독립·애국계몽운동에 평생을
다하고 유한양행을 창립, 교육·공익사업에 힘쓴 고 유
일한 박사의 기념관이 마련되어 있다. 1926년 창업한
유한양행은 이미 국내에서 존경받는 기업, 신뢰받는 기
업으로 정평이 나 있지만 유한양행의 직원들은 물론이
고 이 회사를 찾는 사람들은 창업자의 마인드를 새삼
읽게 되고 머릿속에 새기게 된다. 그것은 국가 사회 발
전에 이바지하는 기업, 윤리와 도덕을 중시하는 경영

이다. 또 유한양행을 떠올릴 때 이 회사 마크가 주는 대내외적인 이미지파워도 남다르다. 유한양행의 마크는 유일한 박사의 성인 '柳(버드나무 류)'에서 착상된 목각화로 고국에서 나라와 민족을 위해 한 그루의 큰 버드나무처럼 모진 비바람 속에서도 '끈질기게, 무성하게' 대성하기를 바란다는 뜻이 담겨져 있다. 유일한 박사가 1926년 유한을 창립하면서 초창기 유한의 마크로 사용하였으며, '무수한 역경 속에서도 꺾이지 않고, 싱싱하고 푸르게 성장하며, 항상 국민보건 향상에 앞장서온 모범 기업으로서의 뜻'을 가지고, 보다 넓은 세계로 도약하는 기업 이미지를 느끼게 한다.

지금 유한양행의 로비 기념관과 회사 마크는 수백억 원을 들여 광고를 통해 기업의 이미지와 브랜드 파워를 알리는 기업들의 홍보 효과보다도 훨씬 더 강한 신뢰감을 심어주고 있다.

현대 기업들은 자신의 신뢰와 제품에 대한 특별한 이미지 홍보를 위해 엄청난 돈을 투자한다. 중소기업이 상장을 하거나 중견기업으로 갈 때 또는 수출시장에 나갈 때 CI(Corporate Identity : 기업 이미지 통합) 작업이 필수다. 기업의 경영 철학과 신뢰할 수 있는 이념을 이미지로 담아 이를 홍보 전선의 선두 무기로 내세워야 하기 때문이다. 따라서 CI는 기업과 창업자의 마인드를 각인시키는 것으로 통한다.

CI는 특히 글로벌 무대에서 더욱 빛을 발한다. 유럽을 여행한 사람들 중에는 현지인들이 'KOREA'는 몰라도 '삼성'이나 'LG'의 이름은 잘 알더라고 말한다. 그러니 이들 회사의 마크가 걸려 있는 도시의 옥외 광고판을 보면 고향 사람을 보는 것보다도 더 반가운 일이 아닐 수 없다. 해당 기업의 직원이라고 생각해 보자. 보는 순간 얼마나 짜릿한 쾌감과 자신감을 갖게 되겠는가?

기업 방문할 때 건물의 로비나 사무실 공장 내부에 혁신마인드를 알리는 슬로건이 대형 현수막으로 걸려 있는 것을 보면 '이 회사에는 뭔가 다른 것이 있다'는 느낌을 갖게 된다. 하다못해 '3정5S', '6시그마'라는 현수막만 보아도 혁신을 위한 노력을 하고 있다는 것에 더욱더 신뢰감을 갖게 된다.

역사가 짧아서 규모가 크지 않아서 그럴 듯한 CI작업을 못했다고 치자. 그렇더라도 상징적인 슬로건을 드러내라. 기업의 프로젝트 전략도 좋고 CEO의 경영 철학도 좋다. 고객이나 외부인에게는 신뢰와 기대를 갖게 하고 내부적으로는 직원들을 단결시키고 애사심과 책임감을 불러오는 슬로건도 기업의 파워를 만들어내는 핵심 요소가 된 것이다.

가지고 있는 어떤 재주든 사용하라. 노래를 가장 잘하는 새들만 지저귀면 숲은 너무도 적막할 것이다. - 헨리 반 다이크

결정, 빠르고
정확하게 해라

뜸을 들이면 좋은 것이 있다. 가마솥이나 냄비에 밥을 지을 때 약한 불로 적당히 뜸을 들이는 시간을 더하면 쌀이 설익거나 고두밥이 되는 법이 없이 밥맛은 한결 좋아진다. 사람과 사람의 정을 쌓아가는 과정이나 한 분야에 장인정신을 갖고 꾸준히 노력하는 일이라면 급하게 서두르다 일을 그르치는 것보다는 다소 시간이 걸릴지라도 진지하게 참고 인내하는 것이 훌륭한 선택이다.

하지만 이런 경우는 다르다. 기가 막힌 사업 아이템이라고 여기고 도전을 했는데 현실은 전혀 다르다는 것을 깨달았다거나 자신에게 잘 맞는 직업이라고 생각되어 선택했는데 실무에 응해 보니 인내와 열정을 떠나서 일 자체가 자신의 성격이나 취향과는 180도 다른 세계의 것이라면 포기하거나 방향을 바꾸는 결정은 빠를수록 좋다. 사법고시 공부 7년 동안 1차 합격도 못한 상황에서 여전히 수험서적과 씨름을 한다면 이 또한 포기와 새로운 선택이 필요하다. 고시공부에만 몰두하다 목표를 이루지 못한 채 20, 30대 젊은 시절을 허무하게 날려버린 사람들이 적지 않은 게 사실이다.

우리는 살아가면서 단호하게 결정을 내려야 할 일들과 수없이 부딪히게 된다. 그 결정이 어떤 결과를 가져올 것이라는 장담은 할 수 없다. 하지만 가능성이 높은 쪽, 자신의 삶에 유리한 쪽으로 결정을 내리는 것은 당연한 일이다. 문제는 결정을 내려야 하는 시간에 우유부단한 성격이나 미련과 아쉬움 또는 타고난 게으름 때문에 결정을 빠르게 내리지 못하는 사람들이 적지 않다.

A와 B는 같은 회사의 동료였다. 부서는 다르지만 두 사람은 나이가 같고 직급이 같은데다 대화도 잘 통해서

퇴근 후나 점심 시간 등을 이용해 서로의 고민을 털어놓고 의논할 정도로 친했다. 두 사람에게 공통된 고민이 찾아왔다. 입사 경력 4년. 이직을 하려면 지금이 적기였다. 하필이면 당시 6개월 전부터 회사의 자금 사정이 좋지 않아 어음 결제가 크게 늘어났고 매출은 갈수록 떨어지고 있다는 사실을 알게 된 것이다. 10년 넘게 승승장구해 오면서 자체 사옥을 마련한 이 회사의 사장은 카리스마가 강하고 추진력이 남다르기로 소문이 난 터였다. 하지만 최근 2년간 사장이 추진한 사업들은 하나같이 실패했고, 이 때문에 주력 사업까지 흔들리는 상황이 된 것이다. 게다가 사장은 가정불화까지 겹쳐 사내에는 세컨드와 함께 산다는 소문까지 나돌고 있었다.

두 사람은 한동안 만나면 같은 문제로 고민과 갈등을 했다. A는 결정을 내렸다. 다른 회사로 이직을 하기로. 하지만 B는 그래도 사장이 업계에서는 성공한 케이스로 알려져 있는데다 새로운 회사를 가더라도 중소기업이니 문제점 한두 가지 없는 곳이 있겠는가 싶었다. 그리고 더욱 큰 문제는 당장 이직할 직장이 없는 상황에서 사표를 쓸 수는 없는 일이었다. A는 결정을 내린 날부터 헤드헌터와 취업전문 사이트에 구직등록을 했고, 그후 2주 만에 자신의 주특기인 영업 능력을 무기로 외국계 회사의 영업직 대리로 자리를 옮겼다. 매사에 신중하기만한 마음이 여린 B는 그래도 월급은 제날짜에 나온다는 것 하나만 믿고 회사 측 동향을 좀 더 지켜보겠다는 입장을 고수했다.

1년 후 과장이 되어 있는 A를 B가 찾아왔다. 회사는 부도가 나서 문을 닫았고 임금은 3개월치나 못 받은 상황이었다. 당장 일자리를 찾지 못한 B는 A에게 일자리를 알아봐달라는 부탁을 하러 온 것이다. 때로는 성급한 결정으로 인해 손해를 보거나 후회하는 일도 있지만 나름대로 고민 끝에 소신을 갖고 내린 결정이라면 설령 손해보는 일이 생기더라도 반드시 잘못된 결정이라고만 볼 수는 없다. 결정이 느린 사람들을 두고 우리는 '물에 술 탄 듯 술에 물 탄 듯 이래도 좋고 저래도 좋은 사람'이라는 표현을 한다. 우유부단하고, 자신만의 카리스마가 없고, 어떤 일이든 똑 부러지게 결정을 내리지 못하고 오랫동안 갈등하는 성격의 소유자는 B와 같은 유형에 가까우며 결정력만이 아니라 리더십이 부족하여 조직을 이끌거나 비즈니스를 하는 데는 적임자가 못된다.

　빠르고 정확하게 결정을 내리는 것, 이는 한국형 오너십과 일맥상통한다. 최근 국내외 경영 환경의 불확실성이 높아지고 국가 산업 간 경쟁이 치열해지는 가운데 국내 기업이 약진하면서 다시 '한국형 오너십'에 대한 재평가가 일어나고 있다. 이병철 삼성 회장과 정주영 현대 회장, 구인회 LG 회장 등이 바로 한국형 오너십의 주역들로 꼽히며, 그들은 한결같이 '과감한 의사결정을 통한 신속한 선택과 집중'을 택한 창업주들이다. 과감한 의사결정 그리고 이를 통한 선택과 집중은 전문 경영인들이 잘하지 못하는 약점이자 반대로 오너 체제의 최대 강점으로 통한다.

부하는 투명한
리더를 존경한다

"회사의 재산은 내 것이며 내 재산이니 내 마음대로 굴릴 것이다."

"우리 부서가 대외적으로는 가장 막강한 부서이고 내가 부서장인데 거래처에서 선물로 주는 상품권 50만 원 받았다고 해서 뭐 큰 문제가 되겠는가."

"법인 카드로 몇십만 원 썼다고 문제 되겠어? 이참에 마누라 옷이나 한 벌 사줘야지. 영수증만 갖다 주면 알아서 접대비로 처리하겠지."

적어도 김영란법이 등장하기 이전까지는 비일비재한

일들이었다. 회사 돈, 정부 돈은 적당히 뒤로 써도 표시가 잘 나지 않는다는 것을 약점으로 삼아 사적인 개인 용도로 사용하는 사람들이 부지기수였다.

2천년대 들어 벤처기업들이 늘어나면서 투명경영, 도덕경영이 화두로 떠오르면서 이를 적극적으로 실천하는 기업인들이 늘어났고, 김영란법이 생기면서부터는 공직 사회에서는 '눈 먼 돈'(?)이라는 말도 없어져 가고 있지만 수십여 년간 만성질환처럼 이어져온 공금에 대한 불투명성, 내 방식대로의 기업 경영이 하루아침에 사라질 수는 없을 것이다.

과거에 비해 투명성이 매우 강조되는 요즘은 우선 당장은 비리와 불투명한 회계 처리가 가능할 수도 있지만 사필귀정이라는 말처럼 언젠가는 반드시 그 대가를 지불해야 하는 일이 발생하기 마련이다. 우리 사회는 여전히 정치인, 기업인, 교육자 등등 누구를 가리지 않고 수시로 관련 문제의 주인공들이 나타나고 있다.

'낮 말은 새가 듣고 밤 말은 쥐가 듣는다'고 했다. 진실은 언젠가는 밝혀지기 마련이다. 죽어서도 홍역을 하는 것처럼 영원한 비밀이란 없다.

부하가 상사를 불신한다면 그 조직은 이미 경쟁력이 없어 미래를 내다볼 수 없게 된다. 특히 상상의 도덕성, 윤리관, 진실성이 불투명하면 불신은 생겨나기 마련이다. 부도덕한 상사 아래에는 두 가지 유형의 부하가 있다. 하나는 적당히 눈감아주며 자신도 그에 동조하는 형이 있고, 상사의 부도덕함으로 인해 신뢰를 하지 못하고 장기적으로는 등을 돌리는 형이다.

회사 돈을 사적으로 챙기는 상사, 제자에게 성추행을 일삼는 스승, 폭력을 밥 먹듯이 휘두르는 가장, 불법적인 방법으로 재산을 축적하는 사장 등등 손가락질 받아 마땅한 윗사람에게서 그 아랫사람들은 무엇을 배울 수 있겠는가?

신뢰는 투명한 가운데 형성된다. 직장이나 조직에서만이 아니라 일상의 인간 관계에서도 부동산 투기나 환치기로 떼돈을 벌었다고 자랑하는 상대를 신뢰할 만한 친구나 선배로 여기는 이들은 없다. 모든 이들로부터 신뢰받는 사람들은 모든 면에서 깨끗한 투명 철학이 있는 사람들이다.

　우리는 누구나 다 때가 되면 윗사람이 되어 아랫사람을 이끌거나 돌보는 입장이 된다. 평소 사리사욕으로부터 자유로웠고 모범적인 모습을 보여준 사람이라면 설령 능력이 조금 부족하다 할지라도, 가진 것이 좀 부족하다 할지라도 신뢰감으로 인해 아랫사람들이 믿고 따라줄 것이다. 하지만 그 반대의 사람이라면 아랫사람을 아첨꾼으로 만들거나 자신으로부터 떠나게 만드는 원인 제공의 주인공이 될 것이다.

　아랫사람으로부터 주위사람으로부터 가족으로부터 존경받는 리더가 되고 어른이 되고 싶은가? 그렇다면 모든 부도덕과 불법 파행 등으로부터 투명해져라.

손발이
맞아야 한다

한 기관에서 '결혼과 궁합의 상관관계'에 대해 설문 조사를 실시한 결과 응답자 여성 71%가 꼭 궁합을 봐야 한다고 응답했다고 한다. 실제로 우리나라 사람들의 적잖은 사람들이 결혼을 앞둔 남녀가 잘 살 것인지 아니면 문제가 생겨 어려울 것인지를 알아보기 위해 소위 '궁합'이라는 것을 본다. 궁합은 동양적인 사고방식에 따른 음양 조화를 바탕으로 해석하는 것으로, 배우자로서 남녀 두 사람의 적격 여부를 가늠하는 것인데, 음양은 동양적인 학문으로는 그 근거를 찾을 수 있기에 동양철학이라고 보는 이도 있지만 미신이라고 치부하는 이들도 있다.

하지만 미신이냐 동양철학이냐가 중요한 것이 아니라 부부는 가정을 꾸리고 함께 수십 년을 살아가야 할 사람들이기에 서로 잘 융합되어야 한다는 데 궁합의 의미가 있는 것이다. 사실 부부가 서로 손발이 잘 맞아야 가정불화가 일어나지 않고 같은 목표를 향해 힘을 합치게 된다. 남편은 열심히 벌어다주는데 아내가 낭비벽이 심하면 문제가 생기기 마련이며, 아내는 똑똑하고 추진력이 강한데 남편은 무능하고 소극적일 경우 남편은 아내를 극성스러운 여자로 인식하고 자신은 아내에게 치여 사는 존재로 여기게 되므로 아내의 뜻에 어긋나는 길을 가게 된다. 날마다 술에 젖어 인생타령을 하면서 허송세월을 보낼 수도 있다.

손자는 병법에 있어서 장수나 병사 양쪽 다 강해야만 기강이 제대로 서고 전쟁에서 승리한다고 말한다. 장수나 병사 둘 중 어느 한 쪽만 강하고 또 어느 한 쪽이 허약하면 안 된다는 것이다. 결코 틀린 말이 아니다. 가정이든 군대든 기업이든 모든 조직에 있어 양자의 균형이 중요하다. 특히 군대나 기업에서는 상하 간, 즉 위아래 사람 사이에 기강이 잡혀 있고 양자 모두 강한 의지가 있어야만 일사불란하게 움직여서 원하는 목표를 달성할 수 있다.

중소기업에서는 간혹 사장의 열정이나 능력에 비해 직원들이 그 뒷받침이 되지 않아 사장은 답답해 하고 직원들은 주눅이 들어 원하는 목적을 달성하지 못하는 안타까운 일이 종종 발생한다. 사장은 해당 사업 분야의 경력과 노하우가 많기에 일대일로 어느 누구와 경쟁을 한다면 이길 자신이 있다고 자신한다. 하지만 자신의 그러한 능력에 박자를 맞춰서 사업을 추진할 수 있는 어느 정도의 경력을 갖춘 중간간부가 없는 경우 의도한 대로 목표를 이루기가 어렵다. 신제품을 만들고 마케팅을 펼치는 과정에서 이제 입사한 지 2~3년밖에 안 되는 직원들과 머리를 맞대고 씨름을 한들 답이 나오지 않기 때문이다.

사장과 직원 역시 어느 정도 능력을 갖춘 상태에서

서로의 의견을 수용하면서 더 나은 방법을 모색하고 그것을 무기로 강력하게 추진할 때 시장에서 입지를 다질 수 있는 법이다. 어느 조직에서든지 함께 참여하는 사람들의 손발이 척척 잘 맞아 떨어진다는 말이 나와야만 '환상의 파트너'라는 즐거운 비명이 나올 수 있다.

레저스포츠인 골프 스윙에서도 균형이 반드시 요구되는 것이 있다. 어드레스 하기 전에 하는 연습 스윙과 실제 스윙이 그렇다.

연습을 실제처럼, 실제를 연습시처럼 하는 것이다. 다시 말해 이 두 가지 스윙을 최대한 일치시켜 균형을 이루도록 하는 것이 골프 기량 향상의 지름길인 것이다.

손발의 궁합을 맞추는 것, 능력의 균형을 이루는 것은 억지로 맞춘다고 해서 되는 일은 아니다. 이미 서로에게 어느 정도의 능력이 갖추어진 상태에서 실전에 임했을 때 일심동체가 될 때 둘의 힘은 하나로 뭉쳐져 시너지 효과를 내면서 엄청난 힘을 발휘하게 된다.

엄격할 때는
냉정해져라

　윗사람이나 조직에서 리더 입장에 있는 사람은 아랫
사람과 부하 직원들을 관심과 애정을 갖고 보살펴주고
이끌어주어야 하며, 그들의 힘든 점 어려운 점을 찾아
내 고통을 덜어주고 가려운 부분을 긁어주어야 한다.
특히 요즘처럼 일방적인 지시가 아닌 상호간의 커뮤니
케이션이 중요하고 상하 수직 관계가 아닌 수평 관계
에서 리더가 유연성을 발휘하는 것이 효과적인 시대에
서는 더욱 그렇다.

　기업은 변화를 빨리 받아들이고 대처해야 하는 조직

이다. 따라서 기업에서는 미소짓는 사장님, 자상한 사장님, 오빠, 형 같은 편안한 사장님이 인기를 끈다. 이런 CEO가 있는 유연성이 풍부한 기업은 생산성도 당연히 높다고 한다. 흔히 말하는 '감성경영'의 장점이 바로 이런 것이다. 하지만 목청만 높이면서 눈을 부릅뜨는 사장은 직원들로부터 '왕따' 같은 존재로 통하며 생산성도 떨어진다. 사장이 직원들에게 사기를 불어넣어 주지 않는데 업무 효율성이 높아질 리가 없는 것이다.

가정에서도 마찬가지다. 아버지의 얼굴에서 미소 같은 것은 찾아볼 수가 없고 대화 자체가 통하지 않는다. 자녀들에게 오로지 "열심히 공부해.", "귀가 시간 정확히 지켜라.", "명문대 못 갈 거면 학원도 가지 마."라는 식의 지시와 강요만 쏟아댄다면 십중팔구 그 집의 자녀들은 빗나가거나 설령 공부를 잘 해도 성격은 잘 다듬어지기 어렵다. 이 때문에 요즘의 아버지들 중에는 자녀들과의 대화나 놀이시간을 자주 갖고 스킨십을 통한 애정 표현도 아끼지 않으려고 노력하는 이들이 많다. 특히 요즘 아이들은 친구처럼 오빠나 형처럼 함께 게임도 즐기고 편안하게 의사소통이 가능한 아버지를 원한다. 사장이든 아버지든 자신들의 아랫사람들에게 자상하고 부드럽고 대화나 스포츠를 즐기는 스타일이 되어야 한다. 단 '할아버지가 손자를 너무 귀여워하면 수염이 남아나지 않는다'는 말이 나오는 상황이 된다면 이는 절대 안 된다. 한 마디로 늘 잘 대해 주기만 해서는 안 된다는 얘기다.

상사의 말을 우습게 여기는 부하, 부모에게 버릇없이 말하는 아이는 둘 다 상사나 부하가 제대로 키우지 못했기 때문에 그 책임 또한 자신들의 몫이다. 부하와 함께 일할 때 부모가 아이를 키울 때는 당근과 채찍 둘 다 필요할 수밖에 없다. 잘 했을 때는 칭찬을 아끼지 말아야 하지만 잘못 했을 때는 단호하게 꾸짖어야 한다. 이때 주의할 점은 화를 내서는 안 된다는 것이다. 감정적으로 분노를 표현하는 것이 화내는 것이므로 꾸짖는 것과는 다르다. 이성적으로 꾸짖을 때는 아주 차가운 마음으로 엄격하게 다스리지 않으면 안 된다. 대화 이상의 대책이 필요하다면 충분한 생각을 한 후에 부하에게는 인사고과에 반영되는 벌점을 줄 수도 있다. 가정도 기업도 이끌어가는 리더가 어떻게 하느냐에 달려 있다. 단 냉정한 마음을 유지해야 하는 이유는 이때마저도 자칫 잘못해 감정적인 문제로 흐르면 따끔한 교훈을 주지 못하고 서로의 가슴에 상처만 남기게 된다. 오히려 화를 불러 올 수도 있기 때문이다.

병법에서도 전쟁에서 승리할 수 있는 원동력은 바로 장군에 달려 있다고 했다. 평소 병사들에게 좋은 장군, 물러터진 장군으로만 남는다면 정작 전쟁시에 무턱대고 소리만 지른다고 따를 부하가 없다고 조언한다.

분배는
공평해야 한다

　자본주의 사회에서 분배의 원칙은 매우 중요하다. 우리나라 초창기 노동운동의 방향은 기업이 정한 임금이 아닌 근로자들이 일함으로써 벌어들인 수익에 대한 기업의 공정한 분배와 근로 환경에 대한 개선이었다. 근로자들은 애초 정치에 관심이 없었다. 자신들의 권익 보장이 우선이었다. 기업의 매출과 이익은 증가하는데 자신들에 대한 임금과 환경은 개선되지 않은 것에 대한 근로자들의 목소리였다는 점에서 그 누구도 노조의 결성과 운동에 대해 비난할 수 없는 일이었다.

우리 사회는 지난 30여 년 동안 노동운동과 민주화운 동 등을 통해 분배의 균등과 공정성이 거론되고 인권 존중과 자유로운 의사표현에 대한 자유 등이 이슈화되면서 다방면에서 발전과 성숙을 이루었다. 하지만 여전히 뜨거운 감자가 되고 있는 것이 '빈익빈(貧益貧) 부익부(富益富)' 현상이다. 이 용어는 단순히 가난한 자와 잘사는 자에 대한 조명에 그치지 않고 최근에는 근로자들 사이에서도 빈익빈 부익부 현상이 심화되고 있다는 지적이 일고 있다. '귀족노동자'가 바로 그 단적인 예다.

이러한 환경하에서 기업을 이끄는 리더들의 고민은 그 어느 때보다도 클 수밖에 없다. 구성원들의 생산 활동을 통해 얻어진 수익을 공평하게 분배하지 않으면 당연히 문제가 되는 것은 물론이고 설령 매출이 줄어들어 구조조정을 감행해야 하는 상황에서 공평한 잣대를 적용한다 하더라도 퇴직자는 반드시 나올 수밖에 없고 그들의 요구와 불만 또한 다음 단계로 이어지기 때문이다. 때문에 혹자는 '한국에서 기업하기 너무 어렵다'면서 '사업의 기회가 주어져도 하지 않겠다'고 말하는 이도 있다. 하지만 국가 경제 발전이나 개인의 역량 발휘를 통한 성공을 생각한다면 기업을 성장시키면서 구성원들을 제대로 관리하는 CEO들이 반드시 필요하다. 또 과거 기업들이 적잖게 노동력 착취를 통해 부를 일군 점을 감안하면 현대의 기업들이 단지 노조에 대한 부담을 경영 악화의 이슈로 내거는 것은 엄살이 될 수도 있다. 사람이든 기업이든 뿌린 만큼 거두기 마련이다.

기업의 문제는 늘 분배에서 발생한다. 일의 분배, 수익의 분배, 처우의 분배(평등) 중 어느 하나라도 합당하지 않으면 구성원들의 목소리가 새어나오고 조직이 흔들리게 된다. 이제 더 이상은 1,000원을 벌어 400원을 뒷주머니에 감추고 나머지 600원으로 모든 것을 해결하려는 방식은 통하지 않는다. 또 가족이나 친인척을 모든 부서에 투입시켜서 구성원들의 입을 막고 비정상적인 회계를 일삼을 수 없다. 그러니 현대 사회에서의 리더는 처음부터 마음을 비운 상태에서 정도경영을 하겠다는 다짐을 하지 않으면 리더로서의 성공을 기대하기 힘들다.

아리스토텔레스는 공평성의 기준을 '같은 사람은 같이 대우하고 다른 사람은 달리 대우한다(Equals should be treated equally, and unequals unequally)'로 정의했다. 이는 다시 말해 공평성을 균일 분배로 고집해서는 안 된다는 얘기다. 기업인들로서는 귀담아 들어야 할 문제다.

일반적으로 사후적 성과의 분배가 공평해야 한다고 주장하면 분업의 효과를 극대화하기 어렵다. 성과를 균등하게 나누는 방식보다는 모든 사람에게 기회를 균등하게 제공하는 방식이 더 바람직한 공평성을 실현시킬 수 있다.

이를 테면 기업에서 공평성을 균일 분배로 고집하면 모두 다 함께 더 좋아지는 협력이 불가능해진다. A와 B가 각자 일할 때에는 A가 60을 생산하고 B가 40을 생산했다. 그러나 A와 B가 분업해 협력하면 합계 120을 생산하게 된다. 이럴 경우 두 사람에게 60씩 균일 분배의 원칙을 적용하면 A는 분업 이전과 다를 게 없으며 B만 20을 더 갖게 되는 것이다. 과연 A가 이런 분업을 원하겠는가. 기회를 균등하게 하여 분배를 정하는 공평한 방식은 기존의 생산 능력을 60대 40 그대로 둔 상태에서 추가로 발생한 이익 20을 적당하게 분배해 주는 규정이 지켜질 때 양자 모두가 불만의 소리를 내지 않고 윈윈할 것이다.

하지만 빈익빈 부익부 현상을 가라앉히기 위해서는 기업보다도 오히려 정부 차원의 정책이 우선되어야 한다. 요즘 경제학계의 입바른 소리 잘 하는 전문가들은 우리 정부가 우선해야 할 경제 정책의 과제는 보수적이냐 진보적이냐의 문제가 아니라고 말한다. 우리나라 헌법이 강조하고 있는 국민의 경제 생활상의 기본적인 권리를 부여해 주는 것이라고 말한다. 한 국가에서 국민의 완전고용과 소득분배의 공평성, 그리고 차별이 없는 균등한 기회의 보장은 매우 중요하며, 우리의 경우 그러한 시기이다. 모든 국민에게 안정적인 소득 창출의 기회를 제공하여 국민들 사이의 소득분배가 지나치게 불평등하지 않도록 해야 하며, 자라나는 세대에게 교육과 건강, 훈련의 기회가 균등하게 보장되어야만 경제 전체의 효율성과 장기적 성장을 높일 수 있다. 빈익빈 부익부가 지나치면 가난한 자들의 불만의 목소리는 커지고 결국 사회 혼란을 초래할 수밖에 없다.

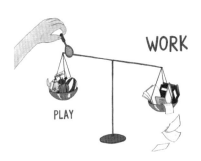

정의는 평등한 기회를 제공하고 차별을 없애는 것입니다.
– 넬슨 만델라

조직 내 의사소통은 기본이다

"이번에 우리가 추진해야 할 프로젝트는 신제품 A를 월 3만 개 판매하는 것이다. 사장님 지시이니 반드시 성공시켜야 한다. 이 차장은 서부 지역, 김 과장은 남부 지역, 정 과장은 수도권을 맡아. 방법은 일단 강제적으로라도 기존의 대리점에게 떠맡겨. 못하겠다고 하면 대리점 계속할 생각 하지 말라고 해."

부장인 팀장의 말은 강하고 간단하다. 누군가는 방법론에 대해 반발을 하고 싶어 입이 근질거리는데 그냥 참고 넘어간다. 과연 프로젝트는 성공할 수 있을까? 현대 사회에서는 조직 내에서 윗사람의 일방적인 밀어붙이기식의 지시가 그다지 효과적이지 못하다. 상호 의사소통이 없는 상태에서 한 사람이 강조하는 정책 추진이나 전략 추구는 실패할 가능성이 높다.

국가든 기업이든 가정이든 크기가 다를 뿐 조직 내의 소통의 중요성은 매한가지다. 원만한 조직 내 소통을 위해서는 리더 자신이 모든 일을 다 하려고 하면 안 된다. 아무리 역량이 뛰어나도 만능이 될 수는 없다. 부하직원들이 있는 이유가 바로 그것이다. 리더는 부하들의 말에도 귀기울일 줄 알아야 한다. 아무리 타당성 있고 뚜렷한 목표가 정해졌다 하더라도 방법론에 있어서는 사람들의 생각은 충분히 다를 수가 있다. 리더의 말과 조직 구성원의 말이 다르면 소통이 제대로 되지 않았다는 증거다.

가정에서도 마찬가지다. 재테크에 관한한 가장이 아무리 능력이 뛰어나다 할지라도 그 배우자나 가족들과 충분하게 의견을 나눈 후 최종 실행에 들어가야 한다.

의사소통의 중요성은 창조 경영에서도 찾아볼 수 있

다. 그간 대다수의 기업들은 창조 경영에 있어서 단 한 명의 천재가 조직을 이끌어간다고 생각했다. 그러나 삼성경제연구소는 '창조 경영의 오해와 진실'이란 보고서에서 기업의 창조 경영이 한 명의 천재와 갑작스런 아이디어에서 나온 것이 아니라 의사소통의 중요성을 제시했다. 창조적인 기업은 협업을 중요시하고 구성원 간 협력과 의사소통을 촉진하기 위한 다양한 제도와 규칙을 활용하기 때문이라는 것이다.

픽사 애니메이션 스튜디오(Pixar Animation Studios)사가 바로 그 단적인 예다. 이 회사는 1995년 애니메이션 '토이스토리'를 성공시킨 후 '벅스라이프', '니모를 찾아서', '라따뚜이', '코코' 등이 잇달아 흥행에 성공하면서 만드는 영화마다 높은 수익을 올렸다.

누구나 조직 내의 핵심 브레인들에게 도움을 받을 수 있도록 하는 '브레인트러스트(Brain Trust)' 조직을 운영하는데 여기에는 존 라세터와 8명의 베테랑 감독들로 구성되었으며, 작품을 진행하는 감독 및 제작자가 도움이 필요할 때 작품의 개선 방안을 토론한다고 한다.

트러스트의 조언은 결코 강제적이지 않으며 최종 결정은 실제 작품을 진행하는 감독이 한다.

의사소통은 일의 성공만이 아니라 조직 내 구성원 간의 상호 의견존중과 인격존중이며 화합을 이끌어내는 중요한 도구다. 연산군식 포악한 독재와 일방통행이 요즘 시대에는 먹혀들어가지 않는다.

소통하라. 먼저 소통한 후에 일을 벌이는 게 일을 그르치지 않는 현명한 선택이다.

소통은 당신이 관심을 가지고 있는 사람들에 대한 존중과 관심의 표현입니다. — 브라이언 트레이시

의사소통을 위해 지켜야 할 7계명

1. 소리로 말하지 마라
상대를 부담스럽게 만들고 잘난 척하는 사람처럼 보이기 십상이다.

2. 제스처를 무리하게 사용하지 마라
허풍이 강한 사람일수록 제스처를 많이 사용한다. 반드시 필요한 게 아니면 자제해라.

3. 먼저 화를 내지 마라
대화를 나누거나 토론을 하다 보면 서로 의견이 일치하지 않는 경우가 발생하기 마련이다. 자신의 생각과 다르다고 먼저 화를 내면 그 순간 이후로는 원활한 의사소통이 불가능해진다.

4. 상대를 칭찬으로 즐겁게 해줘라
자신의 장점을 말해 주는 사람에게는 상대가 누구든지 호감을 갖게 되고 마음이 즐거워진다. 다음 대화를 자연스럽게 이어가는 윤활유가 된다.

5. 먼저 상대의 말을 충분히 들어주어라
자신의 얘기를 늘어놓기보다는 먼저 상대의 얘기를 충분히 들어주어라. 상대는 그 자체를 고맙게 여긴다. 그런 다음에 하고 싶은 말을 하면 상대가 나의 말을 귀담아 듣게 된다.

6. NO라고 말하지 말아라

설령 상대의 견해가 자신의 견해와 다르다 하더라도 '그건 아니야', '그건 잘못 됐어'라고 말하지 마라. '그러면 우리 다른 방법을 찾아보자'거나 '이런 것은 어때'라고 제안하거나 설득해 보아라.

7. 유머와 위트를 즐겨 사용해라

대화시 관련된 유머와 위트를 적당히 구사해라. 웃음이 묻어나는 대화 속에서 인간관계는 좋아질 수밖에 없다. 그리고 상대로부터 호감을 사게 된다.

휴식을
부여하라

국내 대표적인 브랜드네이밍 전문 회사로 잘 알려진 M사는 오래전부터 직원들이 만족하고 공감하는 문화 경영을 실천해오고 있는 회사로 유명하다. 월요일에는 직원들이 회사로 출근하지 않는다. 매주 월요일 극장으로 출근해 영화 보고 점심식사를 한 뒤 오후부터 근무할 수 있는 '월요 시네마' 제도가 있기 때문이다. 튀는 '펀(fun) 경영'으로 화제를 모으고 있는 이 회사는 이틀 간의 휴일을 보내고 월요일 아침에 출근하면 '월요병'으로 인해 업무 효과가 떨어지는 것에 착안하여 직원들이 시내극장에 모여 사전에 직원들이 추천하여 정한 영화를 본 후 점심을 즐긴 다음 회사에 들어가 오후부터 업무에 임하게 한다. 또 러시아워를 피해 출근할 수 있는 '10시 출근제'와 1년 중 한 달 '무급 휴가제'를 실시한다. 창조적인 일을 하는 전문직 종사자들이 주를 이루는 만큼 빡빡한 근무 스타일보다는 충분한 휴식을 통해 사고를 자유롭게 해주어야만 업무 효과가 좋게 나타난다는 이유에서다.

30대 시절 며칠 동안을 하루 두세 시간씩만 잤을 정도로 열정적으로 일했다는 40대 중반의 한 출판기획자는 일도 좋지만 휴식도 중요하기 때문에 요즘은 충분히 쉬고 대신 일할 때는 온 힘을 다해 열정적으로 일하는 방식을 고수한다고 한다. 장시간 일한다고 해서 생산성이 그만큼 높은 것은 결코 아니기 때문이다.

우리의 몸은 분명히 한계가 있다. 늘 20대 초반의 청년의 건강을 유지할 수 없으며 지나친 일 중독은 과로를 불러올 뿐 생산적이지 못하다. 때문에 현명한 팀장이나 사장은 직원들을 늦게까지 부리는 일을 피한다.

그들은 허구한 날 야근을 일삼는 직원에게 "열심히 일해 줘서 고마워."라는 식의 칭찬을 하지 않는다. 생산적이지 못한 시간 죽이기 야근은 저녁식대와 전기요금으로 인한 지출 비용만 늘려놓을 뿐이라는 사실을 잘 알고 있기 때문이다.

30, 40대 직장남성들을 상대로 실시한 한 설문조사에 따르면 직장에서 가장 중요한 성공에너지로 '집중력'을 꼽은 응답자가 43.5%로 가장 많았다. 집중력의 중요성을 잘 알면서도 실천하지 못하는 가장 큰 원인은 만성피로이다. 집중력 저하는 만성피로로 인한 대표적인 증상 중의 하나다. 또 이런 만성피로가 지속될 경우 다양한 질병을 불러오는 원인이 되며 심한 경우 '과로사'라는 결과를 초래할 수도 있다.

'일벌레'가 성공하고 휴일에도 회사에 출근하여 일하는 직원들이 성실파로 인정받던 시대는 지났다. '잘 노는 사람이 일도 잘 한다'는 말처럼 적당한 휴식을 통해 즐거움과 피로를 푸는 것은 더 큰 내일을 위한 투자라고 여기는 게 현명한 생각이다. 또 너무 일에만 빠져 살다 보면 정작 눈여겨 보아야 할 것들을 소홀히 하게 되어 놓치는 꼴이 된다. 자신의 육체와 정신에게 자유와 휴식을 부여하는 일 그것은 성공하는 사람의 틈새 전략이다.

적당하게 일하고 좀 더 느긋하게 쉬어라. 현명한 사람은 느긋하게 인생을 보냄으로써 진정한 행복을 누리는 것이다.
- 그라시안

전문지식 없으면
신뢰 받지 못한다

　20여 년 전만 해도 연구원 출신이나 학계 출신이 창업을 한다고 하면 주변 사람들이 보따리 싸들고 말리는 게 다반사였다. 아무리 머리가 똑똑하다 할지라도 전문지식만 갖고서는 사업에서 성공하기 어렵다는 이유에서다. 막 창업하는 회사의 대부분이 소기업에서 출발하기 때문에 사장이라면 1인 3역은 기본이라는 생각이 지배적이었다. 우수한 제품을 만들어내는 것도 중요하지만 영업을 알아야 하고, 자금 운영 테크닉도 필요하다는 관점에서다. 실제로 창업 자체가 사장의 홀로서기 무대로 통하던 과거의 상황에서는 틀린 말이 아니었다. 아이디어 하나만 믿고 획기적인 제품을 만들어냈지만 대량생산을 위한 설비자금이 없고, 시장진입 노하우가 없으면 무용지물이 되었기 때문이다.

어디 창업하는 사장만 그랬을까. 부서의 팀장들도 마찬가지였다. 아무리 전문지식이 풍부하다 할지라도 나이가 어리고 인맥이 넓지 못한 사람은 팀장이나 부서장이 될 수가 없었다. 특히 사장이나 임원과 혈연, 지연, 학연 중 그 어떤 것으로라도 관계가 있어야만 한자리 차지하는 것이 가능했다.

시대는 변했다. 손에 쥔 돈이 없고 세무나 회계에 대한 지식도 전혀 없고 영업에 대해서도 문외한일지라도 회사를 창업하여 몇 년 만에 몇 십억 원, 몇 백억 원의 매출을 올리는 기업의 CEO가 된 사람들이 수없이 많다. 20대 후반 30대 초반의 젊은 나이에 이사가 되고 부서장이 된 사람들 또한 적지 않다. 21세기는 열두 가지 재주 가진 사람보다는 한 가지만이라도 전문가로서의 능력을 갖춘 사람을 원한다. 나이나 성별, 인맥 따위는 이제 거추장스러운 옷이 되어버렸다.

10대 후반 시절부터 15년간 금형 제작업계에서 잔뼈가 굵은 S는 30여 명의 직원을 거느린 30대 중반의 젊은 사장이다. 전무는 사장보다 열 살이 더 많으며, 생산부서 팀장들 중에는 사장보다 많게는 열다섯 살이 더 많은 사람도 있다. 직원들은 사장의 전문지식과 기술노하우에 감탄을 하고 그의 능력을 존경한다. 직접 금형 설계에서 제작까지 전 과정에 걸친 기술을 확보하고 있는 사장의 능력을 능가하는 이가 없기 때문이다. 5년 전 작은 임대공장에서 출발했지만 지금은 산업단지 내에 현대식 자동화설비를 갖춘 어엿한 자체공장을 갖고 있다. S의 뛰어난 금형기술 노하우는 창업 당시부터 소문이 나서 늘 일거리가 넘쳐났고 그 덕에 기술력을 인정받아 정부의 중소기업 지원 자금을 저리에 대출받아 신공장도 마련하게 된 것이다.

고졸학력의 20대 후반의 기획사 차장인 M은 컴퓨터 그래픽 분야의 알아주는 전문가다. 10년 전 그가 이끄는 팀원들 5명 중에는 나이가 두세 살 더 많은 대학원,

대학 출신의 부하직원들이 있었다. 사회에서는 오빠 같은 사람들이지만 사내에서 그들은 M차장을 신뢰하고 따르는 아랫사람들이었다. 그후 M차장은 애니메이션 회사를 차려서 독립했고 전직장 팀원들이었던 사람들은 하나둘씩 그의 회사로 이직해 각 부서장이 되었다.

사회나 기업은 개인의 능력을 중시한다. 학력, 성별, 나이 따위는 더 이상 인재 평가 잣대가 되지 않는다. 몇 년 전 한 천연화장품 회사에 12세 소년이 회사의 수석 디자이너로 일하고 있어 화젯거리가 된 적이 있다. 전문 분야 능력이 뛰어나서 기업이 신뢰하는 소년에게 나이는 그야말로 숫자에 불과한 것이다.

하나로
뭉치게 하라

'뭉치면 살고 흩어지면 죽는다'

국가, 사회, 가정, 기업 그 어느 조직이든 적어도 이 말만은 통한다. 단 뭉치기만 해서 될 일은 아니다. 그 조직의 비전은 조직을 잘 이끌어가는 리더가 있어야만 기대할 수 있다. 이는 반대로 리더가 능력이 있으면 그 조직은 흩어지지 않고 잘 유지되어 간다는 말과도 같다.

가정의 경우 부모 둘 중 어느 하나는 반드시 리더십이 필요하다. 둘 다 리더십이 강하면 더 좋을 수도 있으나 자칫하면 사공이 많아 배가 산으로 가기도 전에 배

안에서 내전이 일어날 수 있기 때문이다. 여하튼 엄마든 아버지든 누구 한 사람은 가정의 중대사를 결정짓고 추진함에 있어서 리더로서의 역할이 필요하며 가족들을 하나로 뭉치게 하는 리더십을 발휘할 때 그 가정은 무리 없이 안정을 유지해 갈 수 있다.

직장에서의 리더십은 어떨까?

'리더' 하면 우리는 흔히 CEO를 꼽는다. 단 능력 있는 CEO는 먼저 능력 있는 각 부서별 팀장들을 확보해야만 자신의 리더십도 빛을 발휘하게 된다. 리더십의 근간은 구성원들이 하나로 뭉치게 하는 것에 있다. 그렇다면 CEO의 리더십은 자신을 실질적으로 서포팅하는 각 부서별 팀장들을 하나로 뭉치게 해야 한다. 이때 가장 필요한 것은 효과적인 커뮤니케이션이다.

그룹사나 대기업의 경우 회장이나 사장이 임원들과 부서장들을 뭉치게 하기 위해서 잦은 회의를 하고 휴일에는 골프회동을 하기도 한다. 부서장들에게 팀웍을 이끌 수 있는 권한을 부여하고, 그들에게 필요한 재원을 지원해 주어야 한다. 그리고 부서장 사이의 커뮤니케이션을 원활하게 만들면 그 다음 문제는 부서장들이 알아서 할 일이다. 하지만 대기업의 각 부서를 이끄는 부서장들이나 중소기업의 CEO가 발휘해야 하는 리더십은 그 성격이 조금 다르다. 먼저 구성원들의 커뮤니케이션을 이끌어내야 한다. 이는 잦은 회식이나 토론만으로 이루어지지 않는다. 진정한 커뮤니케이션은 구성원 모두의 마음에서 자발적인 의지가 필수다. 구성원인 직원들 간의 보이지 않는 벽을 허물어야 한다. 때문에 진정한 커뮤니케이션을 이끄는 끈은 지나치게 인위적이거나 강제적인 활동을 통해서는 불가능하다.

A회사는 이제 창업한 지 10년 된 벤처기업이다. 학창 시절 기타를 즐겨치던 이 회사의 사장은 창업 초기 직종이 서로 다른 직원들과 자신을 포함한 몇 명의 간부들이 서로 마음의 벽을 허물기 위해 그룹사운드를 구성했다. 악기와 장비를 구입하는데 자그마치 2천여만 원이 투자되었다. 전 직원이 참여하지는 못하지만 50% 이상이 참여하여 주1회 퇴근 후 또는 노는 토요일에 모여 각자 악기를 연주하고 노래를 부른다. 사장도 직접

참여하여 베이스 기타를 연주한다. 그리고 벤처기업들이 모여 있는 타운 내에 자리하고 있어 연 2회 직장인들을 위해 콘서트도 연다.

처음에는 예닐곱 명이 참여했지만 그룹사운드들의 모임 활동이 활성화되면서 악기를 연주해 본 적이 없는 직원들도 하나둘씩 참여하여 배우면서 인원수는 늘어났고 이제는 회사의 대표적인 문화가 되었다. 음악을 통해 하나가 되면서 부서 간의 협조는 저절로 이루어지고, 직원들과 사장 간의 간격도 아주 가까워졌다고 한다. 음악 활동 하나로 선 식원을 하나로 묶은 셈이다.

능력 있는 리더란 다방면에서 뛰어난 능력을 갖춘 사람이 아니다. 구성원들을 하나로 뭉치게 하는 것이 바로 리더의 능력이다. 구성원이 하나가 되면 자유롭고 원활한 의사소통 속에서 발전적인 제안이 나오고 창의적인 아이디어가 생겨난다. 그리고 새로운 프로젝트를 세우고 추진할 때 모두가 적극적으로 동참하게 된다. 따라서 리더의 능력은 아랫사람들이 즐겁게 일할 수 있는 분위기를 만들어주는 배려의 힘인 것이다.

내부 분위기 파악을
잘 해야 한다

사업을 할 때는 시대 흐름과 사회 상황을 정확하게 파악하여야 하며, 고객, 즉 소비자의 성향과 분위기를 알아야 한다. 조직을 이끌 때는 부하들의 능력과 그들이 원하는 것이 무엇인지를 정확히 알아야 하며, 연애를 할 때는 상대의 심리를 잘 읽어야 한다. 또 운동경기를 할 때는 상대의 전력과 분위기를 알아차려야 한다. 어떤 입장에 서 있든지 분위기 파악을 잘 하는 사람은 성공하고 그렇지 못한 사람은 따돌림 받거나 실패하기 마련이다.

특히 최근 앞서가는 기업들은 직원들의 분위기를 제대로 파악해야 한다는 것에 큰 비중을 둔다. 과거의 고객 만족은 소비자 만족을 운운하는 거였지만 이제는 달라졌다. 직원이 고객 만족의 출발점이라는 것이다. 직원들은 자신들이 회사에서 대접받는 만큼 고객들에게 성실하게 최선을 다해 대하기 때문이다. 회사에 큰 불만을 가진 직원이 자신의 혼을 바쳐서 고객을 응대하기를 바랄 수는 없다. 직원이 불만을 가진 경우에는 아무리 뛰어난 제품과 서비스로 무장해도 고객 만족 효과를 제대로 기대하기 어렵다.

또한 직원을 '종업원'이나 거대 조직의 일부로 간주하는 시대는 지났다. 좋은 성과를 낸 경영자들일수록 직원을 대할 때 '최고의 자산이며, 최상의 파트너'로 여기는 공통점을 갖고 있다고 한다. 새로운 경영환경에서 직원은 시너지를 공동으로 창출하는 동료이자, 아이디어의 근원이고 수익의 원천이라는 것이다. 이는 기업의 성공은 '팀장이든 사장이든 리더가 직원들의 생각과 분위기를 제대로 파악하고 그들을 어떻게 이끌어갈 것인가?' 하는 것이 매우 중요한 과제라는 얘기가 된다.

하버드대 교수였던 마티 린스키는 리더십은 특정 지위에 관계없이 항상 행동에 옮겨져야 한다고 믿는 '실행의 리더십(exercise leadership)'을 강조했다. 실행의 리더십에서 가장 중요한 요소는 '적응력(adaptabilty)'으로 상황 변화에 맞게 조직과 그룹을 이끌어가는 능력이 매우 중요하다고 한다. 따라서 뛰어난 CEO는 회사를 장기적 관점에서 보고 주주나 종업원의 이해를 반영해 가장 바람직한 방향으로 이끌어가는 사람이라는 것이다. 쉽게 말하면 마티 린스키 교수의 리더십은 조직원의 욕구와 불만, 그리고 그들이 처한 상황을 제대로 파악한 후 그것을 경영에 적극 반영하는 실행적인 리더십인 것이다.

하지만 조직의 분위기 파악을 제대로 하지 못하고 경영을 하는 이들이 적지 않다.

이를 테면 핵심 조직원이 가정적인 문제로 고민을 하고 있는데도 팀장이 전혀 모른다거나, CEO가 자신이 지시한 마케팅 전략에 마케팅 담당자가 문제를 품고 있는 것조차 모르면서 무작정 '나만 따르라'거나 '어떻게 해서든 성공적인 결과를 보여라'는 식의 주문과 명령만 내리는 리더들이다. 그 회사와 조직이 성공적인 결과를 얻을 수 있는 확률은 매우 희박할 수밖에 없다.

리더십은 책임자가 되는 것이 아닙니다. 책임을 맡은 사람들을 돌보는 것입니다.   – 사이먼 사이넥

인재도 양보다는
질이다

이병철 삼성 선대 회장은 생전에 철강왕 카네기 묘비명에 있는 '자기보다 현명한 사람들을 주위에 모으는 법을 알았던 자, 여기에 잠들다'라는 문구를 자주 인용했다고 한다. 창업주의 사업을 이어받아 '삼성'을 대한민국 최고의 기업이자 글로벌기업으로 일군 이건희 회장 역시 인재를 중시하는 풍토는 매한가지다.

이 회장이 활동적으로 움직이던 시절 그는 경영자로서는 남다른 리더십과 능력을 발휘했다. 2002년 6월 용인의 삼성 연수원인 창조관에서 사장단 등 50여 명이 참석한 가운데 '인재전략 사장단 워크숍'을 실시하던 중 이건희 회장은 "21세기는 탁월한 한 명의 천재가 천 명, 만 명을 먹여살리는 인재 경쟁시대, 지적 창조력의 시대이며, 5~10년 뒤 명실상부한 초일류로 도약하기 위해서는 미래를 책임질 인재를 조기에 발굴하고 체계적으로 키워내야 한다."고 말했다. 이어서 이 회장은 경영자는 인재에 대한 욕심이 있어야 하며, 우수 인재를 확보·양성하는 것이 경영자의 기본 책무라고 강조하면서 인재 확보에 사장단이 직접 뛸 것을 지시했다.

삼성은 인재 제일주의의 기업으로 통한다. 사람은 삼성전자에 있어 기업의 성패를 좌우하는 가장 중요한 변수이며 삼성 경영 이념 중 하나인 인재 육성의 기본은 인력의 적재적소 배치다. 인종이나 국적에 관계없이 우수한 인재 확보가 기업 경쟁력의 관건으로 보고, 전략 국가를 선정한 뒤 인사 담당자를 파견해 S급 우수인재 확보를 위한 상시적 활동을 벌이고 있는 것으로 잘 알려져 있다.

이유는 단 한 가지, 양보다 질을 중시하기 때문이다. 품질 제일주의는 삼성전자의 트레이드마크다. 이미 1993 년 프랑크푸르트에서 이건희 회장은 "양은 0%로, 질은 100%로 해라. 이를 위해서라면 시장 점유율이 줄어도 좋고 회사가 1년 동안 문을 닫아도 좋다."는 말을 하기도 했다. 품질 제일주의는 인재 제일주의가 실현될 때 가능하기 때문에 수십여 년간 삼성은 경영진이 발벗고 나서서 인재의 중요성을 강조하고 실천해온 것이다.

'한국은 3면이 바다이고 70%가 산이어서 멀리 뻗쳐 나갈 데가 없는데다, 석유 등 천연 자원도 별로 없기 때문에 한국이 살 길은 인재다.'

이 말은 수십 년 전부터 거론되어 왔다. 이 때문일까. 한국 부모들은 이미 50년, 60년 전부터 어느 나라 부모 못지 않게 자녀교육에 온갖 정성을 쏟아부었으며 한국 을 조기 유학과 영어 열풍의 나라로 만들어 놓았다. 결 과는 형편없다. 노벨상에 있어서는 김대중 전대통령의 노벨평화상 하나가 전부다. 전교 1등이나 200등이나 명 문대를 지향하는 열정은 똑같고, 부모들은 어떻게 해서 든지 자녀들을 4년제 대학에 또 이왕이면 명문대에 진학시키려고 노력하지만 대학은 20년 전 커리큘럼을 유지한다는 비난을 면치 못하고 있다.

미국의 MIT 공대를 보자. 매년 미국 대학 순위를 집계해 발표하는 US 뉴스 & 월드리포트가 조사를 시작한 1988년 이래 여전히 상위권을 고수하고 있다. 이유는 간단하다. 인재의 요람이기 때문이다. MIT에는 1,000명이 넘는 교수와 11,000명 이상의 대학생·대학원생이 수학하고 있다. 교수 1인당 학생 수 비율이 11대1 수준에 불과하며 학부생보다 대학원생 숫자가 훨씬 많다. 연구 활동에 충실한 학교라는 것을 증명하는 수치다. 이뿐만이 아니다. MIT는 무려 101명의 노벨상 수상자를 배출했다. MIT는 노벨상 사관학교라고 불리는 것도 바로 이 때문이다.

국가든 기업이든 인재 없이는 미래를 보장받을 수 없는 시대다. 하지만 국가의 교육정책은 백년대계가 아닌 1년, 2년 프로젝트 형태로 시시각각 변하면서 중심을 잡지 못하고 있으며 전인교육이 아닌 암기형 인재 발굴에만 주력하고 있다. 또 기업은 어떠한가? 적지 않은 기업들이 인재의 중요성만 느끼고 실천은 하지 못하고 있는 게 현실이다. 또 경영자나 회사 간부들 중에는 자신보다 똑똑하고 잘난 아랫사람을 거부하는 이들도 많다. 높은 연봉에 대한 부담감 때문에 인재를 확보하지 못하는 중소기업들이 부지기수다.

사장이라면, 부하직원을 이끄는 팀장·부장이라면 명심해야 한다. 지금의 인재를 최대한 잘 활용하는 것도 중요하지만 미래를 위해서는 인재를 지속적으로 발굴하고 육성하는 전략을 추구하지 않으면 기업도 그리고 자신의 입지도 흔들릴 수밖에 없다는 것을.

chapter 4

상생의 길은
어디에
있는가?

'혼자서는 살 수 없다' 나 혼자만 배부르고 나 혼자만 잘 사는 것은
스스로를 죽이는 길이나 다름없다.
이제부터는 나도 살고 상대도 사는 포지티브섬 게임을 해야 한다.
약속을 중시하고 신뢰를 쌓으며 가까운 곳에서 성공 멘토를
찾아라. 내 꾀에 나를 무너뜨리지 말고 경쟁자와 win-win 하면서
일과 인생을 즐겨라.

약속은 신뢰,
신뢰는 브랜드 가치다

2023년 미국 경제전문지 포브스가 발표한 '브랜드 가치가 높은 전 세계 100대 기업'에 따르면 아마존이 브랜드 가치가 2990억 달러로 1위를 차지했다. 2위는 2980억 달러를 기록한 애플이고, 그리고 3위는 구글이다. 근소한 차이로 2위를 차지한 애플은 그동안 줄곧 1위를 차지하고 있었다.

눈에 보이지 않는 무형의 가치인 브랜드 가치가 이처럼 천문학적 숫자인 것에 대해 과연 '그건 숫자에 불과하다'거나 '눈에 보이는 재산이 아니잖아'라고 말할 수 있을까? 기업의 브랜드 가치는 곧 그 회사의 제품에 대한 소비자들의 신뢰이자 선택을 대신 말해 주는 것이다. 쉽게 말하면 곧 매출과 직결되는 것으로 보면 된다. 콜라를 좋아하는 사람이라면 그 어떤 콜라 제품이 함께 있어도 코카콜라를 구입하게 된다는 사실이다.

브랜드는 소비자에 대한 하나의 '약속'이다. 소비자들은 장기간에 걸쳐 기업이 제공하는 가치로부터 그 브랜드를 평가한다. 이 가치는 제품과 서비스 등 기능뿐 아니라 사회공헌 활동에서 얻는 것이 당연히 포함되며, 특히 사회공헌 활동에서 발생하는 가치는 갈수록 더욱 중요해지고 있다. 바로 여기에 코카콜라의 브랜드 가치 비밀이 숨어 있다. 코카콜라는 스포츠 마케팅에 가장 먼저 뛰어든 선구자적인 기업으로서 이미 1928년부터 올림픽 스폰서가 되었으며, FIFA의 단골 공식 스폰서다. 각종 국제대회를 통해 코카콜라를 건전하고 밝은 회사, 사회적 기여도가 큰 회사로 각인시키면서 세계 어디서든 스포츠가 있는 곳이면 코카콜라가 있다는 무언의 약속을 자발적으로 실천해온 셈이다.

전문가들은 말한다. 브랜드 가치를 높이는 길은 종합적으로 좋은 '평판'을 받도록 노력하는 것이다. 품질, 가격, 디자인은 물론이고 기업의 역사와 사회적 기여도까지 포함하여 전반적인 평가에서 높은 점수를 얻는 기업이 결국 브랜드 가치도 높다는 논리다. 만일 코카콜라의 품질이 떨어지거나 기업이 도덕적 해이로 거론될 만한 나쁜 짓을 저질렀다면 지금의 브랜드 가치 세계 1위 자리는 차지할 수 없을 것이다.

브랜드 가치는 과연 기업이나 제품에만 통용되는 것일까? 결코 그렇지 않다. 손자병법에서 장군의 능력을 평가한 5가지, 즉 지혜, 신뢰감, 인간애, 용기, 엄격함은 우리 사회가 아주 오래 전부터 사람을 평가할 때 중시했던 것들이다. 이 중에서도 특히 신뢰감은 사람과 사람을 이어주는 끈이자 핵심으로 작용한다. 친구, 가족, 동료, 거래처 관계자 등 모든 사람과의 인간관계시 우리는 신뢰할 만한 사람을 곁에 두려고 한다. 그 신뢰는 다름 아닌 약속에서 비롯된다.

약속을 지키지 못하거나 거짓 언행을 일삼는 사람들

은 주변사람들로부터 환영받지 못한다.

사람들은 자신의 친구나 지인 A를 다른 사람인 C에게 소개할 때 가장 먼저 흔히 "이 사람은 정말 내가 믿는 친구야."라고 말한다. 이 한 마디 말에 C는 A에게 부담없이 다가서고 앞으로 좋은 인간 관계 또는 거래 관계를 갖길 희망한다. 신뢰의 중요성은 그만큼 크다. 가까운 이웃이나 친한 친구가 "그 회사 제품 사용해 보니 믿음이 가더라. 역시 유명 브랜드는 그만한 몫을 하더라니까."라고 말하는 것처럼 사람도 매한가지다.

그렇다면 한 번쯤은 생각해 보아야 한다.

'사회 인간 관계 속에서 직장에서 나의 브랜드 가치는 얼마나 될까?'에 대하여.

인간 관계 또는 거래 관계 속에서 약속을 통해 굳혀진 신뢰가 나만의 브랜드 가치로 거듭나면서 후한 점수가 매겨진다면 실직, 사업 실패, 예기치 않은 사고 등으로 인해 어려운 상황에 처했을 때 나의 브랜드 가치는 뜻밖의 힘을 발휘하게 될 것이다.

매출 500억 원대를 올리는 사무용가구 제조 판매회

사 H기업은 한때 잿더미 속에서 절망했었다. 예기치 않은 화재로 인해 당시 매출 100억 원대를 올리던 이 회사의 공장시설과 원자재는 흔적 없이 사라졌다. 하지만 이 회사와 거래하던 원부자재 기업들은 10여 년간 이 회사의 사장과 거래해 오면서 쌓은 신뢰 하나만 믿고 짧게는 3개월, 길게는 1년 동안 자재 결제를 연장시켜 주었고, 이러한 도움으로 인해 H기업은 다시 일어섰고 조달시장에서 중소기업 중 대표적인 사무용가구 회사로 불리면서 고속성장을 하고 있는 케이스다.

신뢰는 삶의 접착제다. 효과적인 소통에 필요한 필수적인 요소이며, 모든 인간관계의 중심이 되는 기본 원칙이다. – 스티브 R. 코비

경쟁자와
Win-Win 해라

10여 년 전 H자동차회사는 하이브리드 자동차 기술 개발을 위해 자동차 부품업체인 1차 협력사 M사와 함께 LPI(LPG와 전기모터가 동력원인 연료) 하이브리드 시스템 공동개발에 착수했다. H사는 엔지니어를 M사에 파견하여 해외 경쟁사의 차량을 공동 벤치마킹하는 한편, M사가 국책사업자에 선정될 수 있도록 기술 지원과 조언을 아끼지 않았다. 그 결과 두 회사는 하이브리드 LPI 개발에 성공하여 125억 원의 수입대체 효과를 거두었다. 굴지의 대기업과 그 협력사의 성공적인 상생스토리다.

대기업들 간의 상생협력 성공 사례도 있다. 이름만 들어도 잘 알려진 국내 대기업들이 입주해 있는 대산석유화학단지 내에서는 업체들이 원가 절감을 위해 2006년부터 공동원료 사용, 폐자원 재활용 등 8개의 협력사업을 진행하고 있다. 참여했던 기업들은 시간이 흐르면서 눈에 보이는 원가절감의 성공적인 효과에 놀라워하고 있다.

21세기 들어 국내외 기업들의 화두 중 하나는 상생이다.

경영의 대가 마이클 포터 하버드대 교수는 금융 위기 이후 기업들은 '포지티브섬(Positive-sum) 게임을 하라'고 강조했다. 기존 경쟁이 상대를 죽이고 내가 이기는 제로섬(Zero-sum) 게임이었다면 앞으로의 경쟁 패러다임은 서로 윈윈할 수 있는 포지티브섬이 되어야 한다는 것이다. 제로섬 게임이란 내가 이익을 얻으면 상대가 손해를 봐야 한다. 반면에 포지티브섬 게임은 나는 물론 파트너 모두 이익을 갖는 것을 말한다. 이를 테면 상생을 통한 윈윈인 것이다.

손자는 근본적으로 전쟁은 국가 재정의 손실이고 국민의 생활을 불안과 고통에 빠지게 하는 원인이 되기 때문에 신중하게 생각해야 하며, 전쟁은 최후의 수단이면서 최악의 상황이므로 싸우지 않고 이기는 것이 가장 효과적이라고 말했다. 국가 간, 기업 간의 싸움은 최악의 결과를 가져올 뿐이다. 국가의 전쟁은 곧 기업의 출혈 경쟁이며 전쟁이 아닌 세계 평화는 기업 간의 공존공생을 의미한다.

　이런 논리를 일찍이 깨우친 현명한 기업들은 협력업체들과의 관계유지를 수직 관계가 아닌 수평 관계로 유지하려고 힘쓴다. 같이 공존공생하는 길을 찾고자 '윈윈(Win-Win)' 전략을 펼친다. 협력회사들이 보다 더 질좋은 부품을 만들 수 있도록 유도하고자 품질경진대회를 통해 시상을 하고 협력회사 직원들과 단합을 위해 체육대회를 하기도 한다. 정기적으로 회의를 통해 서로에게 어떤 도움을 주어야 하는가에 대해서 고민을 하며 해법을 찾기도 한다. 그들에게는 일방적인 지시나 명령이 없다. 상호 합의하에 일을 추진하고 문제점이 생기면 함께 고민하며 풀어가는 것을 원칙으로 삼는다.

이뿐만이 아니다. 동종업계의 기업일지라도 상대를 비방하거나 비정상적인 방법으로 시장을 흐려놓는 일은 사회적 지탄을 받는 한편 해당업계에서 퇴출당하게 된다. 선의의 경쟁을 하면서 서로에게 동반자적인 협력자이어야 한다.

기업만이 아니라 사람도 마찬가지다. 아니 사람은 더더욱 상생이 필요한 존재다. 혼자서는 살아남기 어렵다. "독불장군이란 없다."라는 말이 빈말이 아니다. 세상 모든 것은 상생의 원칙에 의해 유지되며 발전한다. 상대를 위하고 상대를 존중하고 상대를 돕는 일은 결국나 자신을 돕는 일이나 마찬가지인 것이다.

이제 성공의 화두는 '투게더(Together)'다.

가까운 곳에서
성공멘토를 찾아라

해외에 진출하는 기업들이 반드시 지켜야 할 한 가지 성공의 필수 조건이 있다. 다름 아닌 현지화다. 모든 것은 사람에 의해서 이루어진다. 아무리 잘나가는 기업일지라도 기업이 자리한 현지 주민들과의 마찰이 심해지면 사업장을 존속시키기가 어렵다. 또 현지 시장 상황을 제대로 파악하지 못해 현지인들을 만족시키는 제품을 만들지 못하면 실패의 위기에 처하게 된다.

3차원 가상현실 서비스인 '세컨드라이프', 세계적 인맥 관리 사이트 '마이스페이스', 북미에서 인기를 모으던 '네이키드뉴스'. 이들 3사의 공통점은 하나다. 세계적으로 유명세를 타고 있는 인터넷 서비스들로 한국 시장에서는 힘도 못쓰고 문을 닫았다는 것이다. 세계적으로 성공을 거둔 이들이 한국 시장에서 실패한 이유는 무엇일까. 두말할 나위 없이 현지화 실패다.

마이스페이스는 세계적인 인맥 관리 사이트(Social Networking Service, SNS)다. 글로벌 시장에서는 가입자 2억 명을 돌파하는 이 회사는 2008년 5월 한국어 서비스를 선보였으나 9개월 만에 국내 사업을 접었다. 전문가들은 국내에서의 실패 이유는 단 한 가지, 한국인의 정서에 맞는 현지화 작업에 실패했다는 것이다. 정확한 시장 분석이 부족했던 것은 물론이고, 이를 뛰어넘는 차별화된 서비스를 제공하지 못했기 때문에 결국은 '한국 현지화 실패'라는 불명예스러운 훈장을 남긴 것이다.

세계 유수 기업들의 세계화(globalisation)는 이미 80년대 후반부터 가속화되기 시작했지만 우리 경제는 최근에서야 세계화의 새로운 물결을 타고 있다. 그간 세계화에 관한 논의를 그 어느 나라보다도 많이 해왔지만 실제 성공한 기업들은 많지 않다. 굵직한 그룹사들과 틈새시장을 겨냥한 일부 세계일류제품을 만드는 기업들이다. 따라서 장기적으로는 우리 기업들이 세계화의 새로운 조류에 동참해야 하며, 그 구체적인 실천은 세계화 구조로의 전환이 이루어져야 한다. 그중 하나가 현지화인 셈이다.

기업들의 현지화는 해외 각국에서 중요한 문제로 부각되고 있다. 이미 해외의 많은 기업들이 현지화의 실패로 인해 현지인들의 제품 불매운동 대상이 되고 비도덕적인 기업으로 낙인찍히는 등 갖가지 사례가 발생했다. 우리의 기업들 역시 중국을 비롯해 인도네시아, 러시아, 인도 등지에 공장을 설립하고 제품을 만들다가 실패를 경험했다. 현지에 파견되었던 기업인들이 야반도주하고 감금당하고 소송에 휘말린 사례가 한두 건이 아니다. 뒤늦게서야 현지화의 중요성을 깨닫고 있는 중이다.

이런 상황을 감안할 때 네이버의 전신이었던 NHN의 과거 일본 진출 성공 사례와 영원무역의 방글라데시 현지화는 시사하는 바가 크다. 검색과 게임 전문업체였던

NHN은 2000년 일본에 진출하면서 철저하게 일본인들의 성향을 분석해 그들의 입맛에 맞는 서비스를 개발해 성공했다. '화(和)'를 중시하는 일본 특유의 공동체 의식을 감안해 채팅, 서클 등의 기능을 강화했고, 아기자기한 캐릭터를 좋아하는 일본인 특성에 맞춰 독특한 아바타 개발에도 주력했다. 방글라데시에 공장을 운영하고 있는 영원무역은 직원 대다수가 이슬람교도라는 점을 감안, 공장에 기도실을 별도로 마련하는 등 현지 문화에 적응하려고 노력했다고 한다.

해외 진출 기업의 경우 그 지역의 문화, 성향, 종교 문제 등을 철저히 파악해서 접근해야 한다. 해외만이 아니라 국내에서도 지방으로 이전해 내려간 기업들 중 현지인들의 문화와 정서를 만족시키지 못해 초창기 제품생산이 늦어지고 인력 확보를 못해 쩔쩔매는 사례가 발생하곤 한다.

기업의 중심은 돈이 아니고 사람이다. 현지화를 위해서 가장 먼저 선행되어야 할 것은 현지의 핵심 인물들을 잘 활용하여 현지인들의 문화, 성향, 종교 등에 반하지 않는 정서를 심어야 하는 것이다. 다음은 현지인 그들과 하나로 어우러지면서 이방인 아닌 '우리'라는 인식을 강하게 뿌리내리게 해야 한다.

그들이 원하는 공감을 주어라. 그러면 그들은 당신을 사랑할 것이다. – 데일 카네기

공과 사, 철저히
구분하라

지난 2008년 3월부터 2011년까지 3년간 CEO를 지낸 장형덕 전 비씨카드 사장은 역사상 첫 순수 민간 출신 사장으로 외국계 은행에서 시작해 리스·보험·카드 등 민간 금융 분야에서 다양한 경험을 쌓았던 인물이다. 그는 '만능 금융맨'으로 통하지만 '공과 사'를 철저히 구별하는 성격의 소유자로도 잘 알려져 있다. 장사장은 사석에서는 부하직원들과 격의 없이 친근한 대화를 나누는 편이며, 전 직원이 모인 단합대회 자리에서는 자신의 애창곡을 열창할 정도로 마음이 열린

CEO였던 것으로 전해진다. 사장과 직원 간의 정기 간담회이자 창구 역할을 하는 '비씨 청년이사회 제도'도 바로 그가 제안한 아이디어라고 한다. 하지만 그는 공적인 면에서는 매우 엄격한 스타일이다. 은행원 출신답게 돈 씀씀이에 있어서는 꼼꼼하기로 정평이 나 있으며, 일에 있어서만큼은 빈틈없고 꼼꼼해서 종종 부하직원들을 긴장하게 만들기도 했단다. 예나 지금이나 공과 사에 대한 구분이 정확한 인사로 알려진 기업인이나 공직자일수록 청렴결백한 인물로 존경받는다. 하지만 지난 30여 년간 적지 않은 정치인과 경제인, 법조인, 학계 유명 인사들이 공과 사를 구분하지 않고 청탁을 받거나 부정과 비리를 저지른 대가로 불명예스러운 말년을 맞이했다. 개인의 도덕적 해이나 과욕이 문제가 되기도 하지만 이 못지 않게 스스로 정확한 선을 긋지 못해 본인의 생각과는 다른 파행을 만들어 냈다. 문제는 친인척 선후배 등 주변의 지인들과의 공과 사를 깔끔하게 관리하지 못한 것이다.

기업에서 능력 있는 간부들은 직원들을 다스림에 있

어서 공과 사가 정확하며 거래처와 관계 유지에서도 이 점을 매우 중시한다. 일에서 부하직원들의 잘잘못은 정확히 꼬집고 야단을 쳐서라도 상대로 하여금 반성과 개선의 방법을 찾게 하고 상사에게 아부나 아첨을 하지 않고 회사의 공금에는 절대 손을 대지 않는다. 또 거래처로부터 부정한 돈을 받거나 향응을 제공받는 일도 없다. 이런 모습을 보여줄 때 부하직원들로서는 당연히 그를 따를 수밖에 없다.

유통업체에 종사하는 K차장은 입사동기들 중에서 가장 먼저 차장이 된데다 장기적으로는 회사의 예비임원 그룹의 한 사람으로 낙점을 받은 상황이다.

열심히 일한 결과이기도 하지만 유통업체의 특성상 바이어와 제조사들과의 관계는 은밀한 부분이 적지 않다. 하지만 그는 입사 후 단 한 번도 제조업체들로부터 제품 사입과 관련하여 기준을 어기거나 술대접을 받은 적이 없었다.

그에 대한 상사 부하 모두의 평가는 '도덕적이고 원칙주의 고수자'라는 것이다. 하물며 가정에서도 아내

몰래 남편이 비자금 통장을 만들어 유흥이나 취미생활에 활용하는 것이 발각되는 날엔 부부간의 신뢰에 금이 가고 그후로 돈 문제가 발생하면 그 원인의 하나로 비난과 질타를 받게 된다.

공과 사를 철저하게 구분하는 엄격한 관리는 하루아침에 되지 않는다. 이는 개인의 성격이나 욕심과 깊은 연관을 맺고 있어서 오랜 세월 동안 길들여지면 스스로 고치기가 쉽지 않다.

목표는 자기 관리의 나침반이다. 목표를 세우고 그에 따라 움직이면 성공을 얻을 수 있다. – 존 아서

이유 없는 호의,
정중하게 거절하라

소위 '사기꾼'이라고 하는 사람들에게는 공통점이 있다. 어느날 우연히 알게 된 사이지만 그후로 빠른 시간 내에 마치 10년지기 이상으로 친근감을 보이며 대가 없는 호의를 베푼다는 것이다. 이뿐만이 아니다. 자신의 정체를 밝히긴 하되 아주 구체적이지는 않다는 것이다. 이를 테면 남편이나 아들이 A기업 근무한다고 하는데 알고 보면 사실이 아니다. 전직 출신으로 유명인들을 아주 잘 알고 있다고 하는데 이 또한 아니다. 하지만 그들은 이러한 사실을 확인할 틈을 주지 않는다. 적당한 변명과 선물공세 등으로 상대로 하여금 이성적인 판단이 흐려지게 만든다. 다음은 적정시간이 되면 금전을 부탁하고 이를 이용한다.

몇 년 전 어느 홍삼제조회사에 필리핀에서 한 여자가 찾아왔다. 그녀는 교포라고 하면서 명함을 내밀고 홍삼 제품 현지 판매처가 되겠다고 호언장담하면서 필리핀으로 돌아간 후 50만 원 계약금을 보내오면서 시가 5백여만 원어치의 초도물량을 주문했다. 이에 회사측은 큰 물량이 아니기에 일단 제품을 받은 후 대금을 보내겠다는 그녀를 믿고 선적을 했다. 하지만 그후로 여자는 감감무소식이었다고 한다. 이 회사의 사장 J씨는 "사업을 20년 넘게 해온 나도 그냥 속아 넘어갔을 정도이니 사기를 치려고 작정한 사람들 앞에서는 당할 법이 없는 것 같다."면서 검증되지 않은 사람, 호의를 베풀며 다가오는 사람은 일단 지켜본 후 시간이 흐른 후에 거래를 시작해야 한다고 조언한다. 그리고 '세상엔 공짜가 없다'는 말이 명언인 듯싶다고 말한다.

주변에서 누군가 사기를 당한 사례를 접하면 경험이

없는 사람들은 십중팔구는 이렇게 말한다. '당한 사람이 바보다', '왜 당했는지 이해가 안 된다', '사람을 보면 상대가 사기꾼인지 아닌지 파악이 안 되는가'라며 자신은 결코 사기를 당하지 않을 사람처럼 당당하게 말한다.

과연 그럴까? 사기는 '알면서도 당한다'는 말이 있다. 여행작가가 스페인을 여행할 때였다. 스페인과 이탈리아는 아시아 여행객들만을 대상으로 지갑이나 카메라 같은 귀중품을 훔쳐 달아나는 거리의 좀도둑들이 그야말로 바글바글할 정도다. 때문에 현지에 가서 만나는 여행객들이나 숙박업소 주인들이 신신당부한다. 귀중품은 가능한 한 갖고 다니지 말 것이며 지갑이나 패스포드는 옷 속에 반드시 지니고 다니라고 한다. 또 말을 걸어오거나 친절하게 다가오는 사람들을 무시하라고 한다. 귀가 닳도록 들었던지라 나름대로 조심을 했다. 또 "감히 내가 누구인데."라며 자신만만해 했다. 하지만 바르셀로나 까딸루냐 광장에 앉아 쉬는 동안 그야말로 감쪽같이 비싼 디지털카메라를 도난당하는 어처구니없는 일을 겪었다. 한 명이 말을 걸어오는 동안 다른 한 명이 뒤에서 바로 곁에 놔둔 카메라를 갖고 달아난 것이다.

최근 우리 사회에서 빈번하게 발생하고 있는 사기 사건 중 대표적인 것이 '보이스피싱'이다. 경찰청에서 보이스피싱 통계를 집계하기 시작한 이래 전화금융사기, 이른바 '보이스피싱'은 피해 건수와 피해 금액은 기하급수로 늘어나고 있다. 어제 오늘의 얘기가 아닌데도 사기꾼들의 한 통의 전화에 꼼짝없이 당하는 이들은 여전히 발생하고 있는 상황이다. 보이스피싱의 수법 또한 진화하여 최근엔 취업난을 겪고 있거나 형편이 어려운 청년들을 콜센터직원으로 끌어들이기도 하고 전화를 거는 직원, 대포통장을 구하는 모집책, 통장 전달책, 송금하는 인출책 등으로 조직 내 역할도 세분화와 전담화를 시켜서 서로 다른 조직원의 존재를 알 수 없도록 하고 있는 것으로 알려진다. 이렇게 되다 보니 속임수에 넘어가 일을 하게 된 사람들 중에는 자신이 보이스피싱 범죄를 저지르고 있다는 사실조차도 모르고 있다고 한다. 그야말로 완벽하게 속아 넘어간 것이다.

사기를 당하는 것은 목숨을 위협받는 일이나 마찬가

지다. 단돈 몇 만 원이 아닌 몇 천만 원, 몇 억 원대의 사기를 당하게 되면 자신의 사업이 무너지고 가정이 무너진다. 배신감과 억울함이 겹쳐져 다시 일어설 희망이나 용기마저 잃게 된다. 그런들 누가 보상을 해주겠는가?

예방이 최선책이다. 신뢰 속에 쌓여지는 인간 관계는 빨리 뜨거워지지 않는다. 가마솥처럼 시간을 두고 닳아오른다. 그러니 연애 대상자도 아닌 상대가 이유 없이 적극적으로 다가와 호의를 베풀거나 선심을 쓰려고 할 때는 정중하게 거절한 후 가급적이면 피하는 게 상책이다. 세상엔 공짜가 없다.

경쟁을 피해 빠르게
크는 쪽을 택하라

언제부터인가 경제분야에서는 국내외를 막론하고 틈새시장을 공략하면 성공한다는 것이 당연시되고 있다. 이른바 영어로 '니치마켓(niche market)'이라고 불리는 틈새시장은 적소인 틈새시장, 특정 분야의 소규모 시장을 의미한다. 시장이 크고 작든 간에 남들이 미처 알지 못하거나 공략하지 못한 부분을 선점하는 것은 성공가능성이 높을 수밖에 없다. 이미 보편화된 상품이 된 여성청결제 대신 남성청결제를 내놓은 회사, 생활용품이나 스포츠용품에서 왼손잡이들을 위한 제품을 선보이는 회사들이 바로 니치마켓의 주인공들이다.

시장에서는 어떤 제품이든 소비자 심리를 꿰뚫어야 한다. 소비자의 욕구를 정확히 짚어내는 게 성패의 관건이다. 그러나 대기업이 이미 뛰어든 시장을 공략하는 것은 절대 금물이다. 계란으로 바위를 치는 일이기 때문이다.

따라서 신생중소기업들의 경우 성공한 기업들을 보면 대기업이 참여하지 않는데다 남들이 관심을 두지 않았던 새로운 시장 이른바 틈새시장을 주 공략 대상으로 삼는다. 그리고 첫출발에서 성공적이라면 지속적인 신제품 개발로 시장을 확대해 나가는 전략, 즉 속도 경영이 불가피하다. 후발 업체들과의 치열한 경쟁이 기다리고 있기 때문이다.

사업만이 아니라 사람도 마찬가지다. 직업을 선택하거나 이미 직장인으로서 경력을 갖추었다면 더 큰 성공을 위해서는 가능한 한 남들과 경쟁을 하지 않고서도 빠르게 올라설 수 있는 길을 택하는 것이 현명한 방법이다.

따라서 사회 초년병은 자신에게 맞는 틈새 직업, 신종 직업을 찾아 부단한 노력을 해야 하며, 이미 많은 경쟁자들이 있는 직업세계라 할지라도 자신만의 특화된 무기를 만들어 경쟁자들을 따돌릴 수 있는 세분화된 전문 분야를 개척하는 한편 특별한 노하우를 쌓아야만 한다.

틈새 분야를 뚫은 이색 직업 전문가들을 보면 왜 세분화된 전문 분야를 개척해야 하는지에 대한 답은 더욱 명쾌하다. 지난 2004년부터 국가기술자격시험으로 발전한 플로리스트란 직업은 플라워(Flower)와 아티스트(Artist), 혹은 플로스(flos)와 전문가를 나타내는 접미사인 이스트(ist)의 합성어로 30여 년 전만 해도 '플로리스트'라는 말 자체는 우리 사회에서 일반화되지 않았다. 방식꽃 예술원의 방식 회장은 이미 1970년도 독일 유학을 떠나 이 분야 국내 최초의 전문가가 되었다.

박만수 충북 지방경찰청 과학수사계 경위는 국내 최초로 선정된 제1호 몽타주 전문수사관으로 자타가 공인하는 몽타주계의 살아 있는 전설로 통한다. 그는 인상착의만을 듣고 실제와 거의 쏙 빼닮은 범인의 얼굴을 그리는 '몽타주 제작자'다.

　최근에는 자연의 아름다운 향기를 보다 쉽게 접할 수 있게 하는 '조향사', 모델과 연예인들의 포즈만을 전문적으로 지도해 주는 '아트워크 매니저', 설탕으로 꽃과 인형 등 예술작품을 만드는 '슈가크래프터' 등 신종 직업들이 다양하게 등장하고 있으며, 각 분야마다 가장 먼저 뛰어들어 전문가가 된 사람들은 해당 분야의 장인으로 인정받고 있다.

창조적인 사람은 다른 사람을 이기려는 욕구가 아니라 성취하려는 욕구에 의해 동기부여가 된다.　- 아인 랜드

소문에
의존하지 마라

마케팅 컨설팅 회사인 '폭스 & 코'의 대표인 제프리 폭스가 쓴 'How to become CEO'에 소개된 75가지 비법 중 하나로 '권력다툼에 휘말리지 마라'라는 말이 있다. 그는 소문에 귀머거리가 될 것이며, 유혹에 넘어가지 말고, 사람들이 하는 비밀 이야기에 무심하라고 말한다. 또 소문을 퍼뜨리지도 말고 동의하지도 말라고 당부한다.

소자본 창업을 하는 사람들 중에는 '어떤 장사가 잘 된다더라', '한 달에 얼마를 번다더라'는 '더라', 즉 소문만 믿고 뛰어들었다가 한두 해도 못 버티고 문을 닫는 이들이 적지 않다. 신종 유망사업이라는 말에 현혹되어 사업 현장을 방문하고서도 우선 당장 보기에는 괜찮은 사업 같고 수익도 짭짤하며 크게 어렵지 않을 것이라고 생각하는 이들이 많기 때문이다. 하지만 막상 사업을 시작하면 상황은 다를 수밖에 없다. 더욱이 창업은 이미 소문이 난 사업 아이템에 뛰어들면 그 순간부터 경쟁에 뛰어든 것이나 다름없다. 부동산 전문가들이 하는 말 중에 '산이 높으면 골이 깊다'는 말이 있다고 한다. 이미 돈 되는 지역으로 소문이 자자한 지역은 그만큼 함정도 많기 때문에 뒤늦게 뛰어들었다가는 본전도 못 챙길 확률이 높은 것이다.

일이나 사물을 판단함에 있어 근거 없는 소문이나 허황된 관념은 겉으로 드러난 허세, 선입견 및 추측 등은 오판을 불러올 수 있는 거짓 정보다. '필취어인(必取於人)'처럼 사람을 만나 얻은 정보만이 정확한 것이기에 소문을 믿지 말라는 손자의 말은 오늘날 조직의 수장이나 기업의 CEO가 새겨둘 만한 경구다.

특히 사업을 이끌어가는 CEO들은 소문이나 남의 말에 흔들리지 말아야 한다. '귀가 얇은 사람은 사업하기 어렵다'는 말도 그래서 생겨난 말이다. 남의 말에 쉽게 넘어가는 사람들일수록 일을 벌인 후 후회를 하는 경우가 많으며, 사기꾼들에게 당하기 일쑤다. 어떤 일을 추진하든 자신만의 소신과 의지, 그리고 사실 확인이 필수다. 사업 타당성을 실제 눈으로 확인하고 분석했다면 강한 추진력으로 밀고 나가야 한다. 상상이나 소문이 아닌 실상을 정확히 분석한 후 일을 추진했다면 설령 결과가 좋지 않더라도 후회는 할 필요가 없다.

그런가 하면 기업에서 핵심 인재를 발굴 육성하기 위한 기초작업으로 조직 구성원들을 평가함에 있어서 팀장의 평가를 참고하는 것은 당연한 일이지만 전적으로 그 자료만 믿어서는 안 된다. 특히 일부 간부들로부터 "○○○가 키울 만한 인재입니다."라는 말에 휩쓸려서는 안 된다. 부서의 팀장들 중에는 자신에게 잘 복종하고 성실한 부하를 마치 인재처럼 여긴다. 물론 자신의 부하로서는 부족함이 없겠지만 그가 반드시 기업의 핵심 두뇌 인력으로 키울 대상자는 아닌 것이다. 인재 발굴시에는 대상자의 창의력, 애사심, 목표 의식, 리더십 등을 객관적으로 평가하는 노력은 필수다.

또한 사업, 일, 사랑 등 모든 것에서 중대한 결정을 내릴 때 상식적인 판단에 의해 추측해서는 안 되는 이유가 있다. 현실에서는 상식을 뒤엎는 일이 수없이 많이 발생한다. 세상 모든 일은 변수가 너무 많기 때문에 적당한 추측만으로 어떤 결정을 내리는 것은 엄청난 실수가 될 수 있다.

사랑이라는 달콤한 언어 앞에서 잘 생긴 외모와 눈으로 보여지는 매너, 그리고 상대가 들려준 학벌과 직업, 가문 등을 기본적인 자료로 삼고 상대가 '흠잡을 데 없는 최고의 배우자'라고 여긴 후 정신, 육체, 재산 모든 것을 맡겼다가 끝내는 '모든 게 거짓이었다'며 억울함을 호소하는 이들도 있다. 꽃뱀이나 카사노바에게 당한 이들이 그렇다. 하물며 기업이나 중대한 조직을 이끄는 리더가 단순히 추측만으로서 중대사안을 결정하고 일을 실행한다는 것은 절대 지양해야 할 부분이다.

'불멸의 무쇠팔'로 유명한 야구 선수 고 최동원씨는 고교 시절 17이닝 노히트 노런, 1984년 한국시리즈 4승의 주인공으로 한국을 대표하는 야구스타였다. 그는 고교시절 슬럼프에 빠졌을 때 "주위 얘기에 신경 쓰지 마라. 네가 던지는 걸 다른 애들이 치더냐. 남 얘기에 흔들려선 안 된다."는 아버지의 충고가 슬럼프를 극복하는 데 매우 효과적이었다고 한다.

  또한 스타여배우가 매스컴과의 인터뷰에서 이런 말을 한 적이 있다.

  "나는 소문을 무시한다. 때문에 방송, 신문, 인터넷에 떠도는 글 같은 것은 아예 듣지도 않고 보려고 하지도 않는다. 나는 내가 선택한 작품에만 최선을 다하면 된다고 본다. 헛소문에 괴로워하고 시달릴 필요가 있는가?"

  사장이든 연예인이든 스포츠스타든 정치인이든 의지와 추진력이 강하고 늘 당당한 모습으로 비춰지는 사람들에게는 공통점이 있다. 그들은 '남의 눈치도 볼 필요 없다. 내가 증명하지 않은 소문은 귀담아 듣지 않는다'가 바로 그것이다.

쉽게 가볍게
보지 마라

스포츠 경기를 보면 가끔씩 놀라운 일이 발생하곤 한다. 전적이나 실력을 감안할 때 누가 봐도 A팀이 승리할 확률이 90%다. 이변이 없는 한 승리는 굳힌 셈이다. 그런데 어찌 된 일인가? 결과는 질 거라고 여겼던 B팀의 승리다. 이해가 안 되는 일이지만 이런 일은 가끔씩 발생한다.

홈에서 열린 2017 국제축구연맹(FIFA) 20세 이하(U-20) 월드컵에서 신태용호는 16강전에서 포르투갈에 무너져 8강 진출의 아쉬움 속에 대회를 마감했다.

우리 국민들은 2002년 월드컵 4강 신화와 같은 새로운 '기적'을 기대했지만 어쩌면 그것은 무리였는지도 모른다. 하지만 국민들의 가슴속엔 어쩌면 2002년 월드컵에서 맛본 감동과 환희가 아직도 살아 있다는 얘기다.

시간을 2002년 한일 월드컵 당시로 돌려보자. 16강전 대한민국 대 이탈리아 경기에서 대한민국이 이길 거라고 장담한 사람은 없었다. 이겼으면 좋겠다는 소망은 우리 국민들의 마음일 뿐 이탈리아의 실력은 우리보다 한참 뛰어나다는 것을 누구나 다 아는 사실이었기 때문이다. 하지만 놀라운 일이 일어난 것이다. 1:0으로 이탈리아가 이기고 있는 경기에서 후반 2분을 남겨놨을 때 동점골이 터졌고 연장전까지 가는 접전 끝에 다시 연장 후반 2분 남았을 때 역전 골든골이 들어가 결국 대한민국 8강 진출이라는 이변이 일어났으며, 그 기세를 몰아서 우리나라는 4강까지 가는 신화를 창조했다. 개최국으로서 홈그라운드 이점이 있다지만 감히 누가 그 당시 대한민국 축구가 월드컵 4강 신화를 만들 거라고 생각했겠는가?

'경적필패(輕敵必敗)'라고 했다. 적을 가볍게 보면 반드시 패배할 수밖에 없다는 것이다. 이유는 한 가지다. 상대를 너무 쉽게 여기고 자만한 것이다. 자만이 지나치다 보면 긴장이 풀리고 의욕이나 열정도 넘쳐나지 않는다. 하지만 상대는 다르다. 버거운 적이기 때문에 어떻게 해서든 최선의 노력을 다해야 한다는 각오뿐이다. 마음의 무장은 이미 된 상황이고 경기 내내 사력을 다해 싸우게 된다. 이길 수 있다는 자만이나 과욕보다는 할 수 있는 데까지 최선을 다한다는 마음가짐으로 경기에 임하다 보니 자신조차 믿을 수 없는 좋은 결과를 얻게 되는 것이다.

  물론 2002월드컵에서 우리와 경기를 했던 강팀들이 한국을 얕잡아보고 경기를 했기 때문에 우리에게 패배한 것은 아닐 것이다. 하지만 적어도 우리나라 선수들은 강팀들과 싸우기 위해 그 어느 때보다도 마음을 독하게 먹고 투혼을 불사른 것만은 사실이다.

  스포츠 경기만이 아니다. 재미있는 얘기로 학창시절을 회상해 보자. 공부 못한다고 무시당했던 친구, 미모가 떨어져서 미팅에만 나가면 늘 친구들에게 멋진 상대를 빼앗겨야 했던 친구가 있었다. 20년 후 동창회 모임에서 이들을 다시 만나면 상황은 다르다. 성적이 중간에도 못 들던 친구가 대학교수가 되어 있고, 얼굴이 예쁘지 않았던 친구는 연예인만큼이나 세련되고 우아한 여인이 되어 있다. 학창시절 상대에게 '공부 못하는 너', '얼굴 못난 너'라고 괄시하고 무시하던 사람들의 마음이 어떨까? 상대를 쉽게 보고 무시하던 사람들 중에는 여전히 "저 녀석이 어떻게 교수가 됐지. 이해할 수 없네.", "못생긴 저 애가 어떻게 저렇게 얼굴이 바뀌었을까.", "저 공부도 못하던 것이 어떻게 부잣집 사모님이 되어 저토록 우아해진 거야?"라며 고개를 흔드는 이들이 있을 것이다. 그들은 여전히 자신은 언제나 최고이고, 상대는 늘 자기 밑의 존재여야 한다는 오만과 착각 속에 빠져 있다. 결국 패자나 다름없는 처지가 된 셈이다.

세상은 어느 분야든 경쟁의 축으로 흘러간다. 학교에서 직장에서 세계 무대에서 늘 경쟁은 존재하고, 1등과 2등은 반드시 나타난다. 끝없는 경쟁 속에서 심신이 지치다 보면 때로는 경쟁이 없는 세상에서 살고 싶다는 생각을 갖는 이들도 적지 않다. 하지만 세상은 나 한 사람, 우리 회사, 우리 나라만 있는 것이 아니기에 경쟁은 불가피한 현실이다. 다만 선의의 경쟁을 해야 하며, 각자 최선의 노력을 기울인 후 승리든 패배든 결과에 승복하는 아름다운 자세를 보여주어야 한다.

승진시험에서 최고의 성적으로 합격하고 글로벌 시장의 마케팅에서 일류상품이 되었다 할지라도 오만한 자세는 절대 자제해야 한다. 자신이 승자라고 할지라도 패자의 능력도 인정해 주는 마인드가 필요하다. 또 설령 자신에게 패자였던 상대와 다시 경쟁의 무대에 선다 해도 절대 상대를 가볍게 보거나 우습게 여기지 말아야 한다. 영원한 승자란 없는 법이니까.